PUBLIFOLHA

UM HOMEM CÉLEBRE
MACHADO RECRIADO

Alberto Martins

Alberto Mussa

Bruno Zeni

Carola Saavedra

Cristovão Tezza

Felipe Hirsch

Lourenço Mutarelli

Mariana Verissimo

Moacyr Scliar

Sérgio Augusto de Andrade

EDITOR Arthur Nestrovski
EDITOR-ASSISTENTE Rodrigo Villela
COORDENAÇÃO DE PRODUÇÃO GRÁFICA Soraia Pauli Scarpa
CAPA E PROJETO GRÁFICO Mayumi Okuyama
REVISÃO Daniel Bonomo

Dados Internacionais de Catalogação na Publicação (CIP)
(Câmara Brasileira do Livro, SP, Brasil)

Um homem célebre : Machado recriado. – São Paulo : Publifolha, 2008.

Vários autores.
ISBN 978-85-7402-926-9

1. Assis, Machado de, 1839-1908 2. Literatura brasileira.

08-05130 CDD-869.9

Índices para catálogo sistemático:
1. Assis, Machado de : Literatura brasileira 869.9

PUBLIFOLHA
Divisão de Publicações do Grupo Folha
Al. Barão de Limeira, 401, 6º andar
CEP 01202-900, São Paulo, SP
T (11) 3224-2186/2187/2197
www.publifolha.com.br

SUMÁRIO

— As polcas que vão para o inferno fazer dançar o diabo —, disse ele um dia, de madrugada, ao deitar-se.

Mas as polcas não quiseram ir tão fundo.

"Um Homem Célebre" (1888)

DIPLODOCUS MOGUNCIENSIS

Alberto Martins

1

As explosões para a construção da quinta pista da Rodovia dos Imigrantes tinham posto a descoberto um trecho de terreno argiloso que, mesclado a formações calcáreas, destoava significativamente da composição dos solos locais. Logo se falou em cemitérios indígenas, em grandes ossuários, duas ou três fotos foram estampadas com destaque no jornal e, enquanto não saía o dinheiro para uma nova rodada de explosões, alguém se lembrou de convocar a doutora Maria Weiss, catedrática de Paleontologia na Universidade das Terras Baixas do Litoral.

Às vésperas da aposentadoria compulsória, a professora Weiss recebeu a princípio com ironia, em seguida com resignação, o convite curiosamente bem remunerado para emitir um laudo paleontológico a tempo de constar do próximo aditamento de contrato. Em sua sala de trabalho, ampla o bastante para quatro pesquisadores mas que por ora abrigava somente a doutora e seus papéis, ela comentou com os colegas da equipe de limpeza terceirizada que aquela seria sua "última missão antes do indulto final". Quando lhe perguntaram o que faria depois, declarou, à falta de melhor resposta, que, se os dedos não estivessem muito enferrujados, retomaria as aulas de violoncelo.

Três dias depois seu telefone era invadido por repórteres que insistiam em perguntar se a descoberta científica iria mesmo comprometer o andamento das obras, já atrasadas segundo o cronograma do governo. A dra. Weiss, calejada em lidar com jornalistas, deslizava meia dúzia de frases que não diziam nem sim nem não, e encerrava a conversa com a declaração peremptória de que, para não colocar em risco as etapas iniciais da investigação, estavam terminantemente proibidas fotografias no local.

Sem imagens novas para alimentar os telejornais, as tevês da cidade reprisaram, ao longo da semana, filmes de arquivo do início da década de 70, nos quais uma sorridente e incansável Maria Weiss surgia liderando uma campanha internacional pela repatriação de fósseis brasileiros.

O caso ganhara uma notoriedade inesperada graças a um crânio de crocodilomorfo prestes a ser leiloado por uma conhecida casa londrina. Embora sua procedência fosse indicada, no catálogo do leilão, como uruguaia, a doutora podia jurar que aquele *Itasuchus jesuinoi* saíra dos arenitos do Triângulo Mineiro. "Além disso", arrematava, "o Uruguai sempre foi um país muito pobre em fósseis".

Com artigos diários na imprensa, a campanha tomou fôlego. Descortinava-se aos olhos da opinião pública que um patrimônio cultural brasileiro estava sendo vendido ilegalmente no exterior.

Quando se confirmaram as suposições da jovem cientista, Londres, para evitar uma demanda diplomática, arrematou o crânio do crocodilomorfo e o doou à Universidade de São Paulo, onde hoje se encontra exposto.

Alçada da noite para o dia à condição de paladina dos bens culturais e minerais do país, a professora, nascida em Bratislava — o que somava uma pitada de interesse à sua biografia —, percebeu logo os benefícios que, com sua celebridade, poderia angariar para a causa da Paleontologia. E não hesitou em sair a campo: elaborou e pôs em prática um plano de conscientização das populações litorâneas quanto à preservação da pré-história brasileira; percorreu dezenas de cidades, discorrendo em escolas e centros cívicos sobre a importância dos sambaquis e a necessidade de combater o comércio ilegal de fósseis; tornou-se presença assídua nos gabinetes das Secretarias da Educação e também em programas de rádio e tevê, que utilizava, como estrategista nata, para defender uma idéia fixa: tornar a Paleontologia disciplina obrigatória do currículo escolar.

A cada início de ano letivo, sua campanha deslanchava com a promessa de verbas e apoios. Dados como certos em janeiro, estes tornavam-se esquivos em março-abril, claudicantes em maio, para, com as férias de julho, chegarem ao ponto morto completo. Em agosto, ouvia da boca dos secretários o mesmo cardápio de argumentos: já não havia tempo para implementar a agenda e era melhor planejarem bem a campanha do próximo ano.

Depois de oito ou nove temporadas, ela se deu conta de que havia um teto para o interesse paleontológico de seus concidadãos — e esse teto era excessivamente baixo para a altura de suas aspirações.

Diminuiu então seu empenho nas campanhas. Mas, fenômeno curioso, à medida que se retraía, aumentava o interesse em torno de sua figura. Sem buscá-lo, a dra. Maria Weiss passou a ser alvo de enquetes, honrarias, homenagens; e aceitou tornar-se cidadã emérita de quatro ou cinco cidadezinhas do litoral, cujo nome ajudara a divulgar.

A porção cientista de sua personalidade, que era a predominante, sabia ridícula a maior parte dos tributos que lhe eram prestados. Por outro lado, um exame rigoroso de consciência a convencera de que, bem administradas, em doses homeopáticas, suas aparições públicas tinham o poder de ritmar a vida e mitigar a solidão. Obrigavam-na a sair de casa, a exercer algum trato social para além da universidade e ajudavam a esquecer que trabalhava praticamente sozinha, sem interlocutores.

Com a repentina interrupção das obras na Rodovia dos Imigrantes, os jornais voltaram a dar destaque à sua pessoa, e a dra. Weiss deparou duas vezes com sua estampa na tela da tevê, na hora do jantar. Considerou com ironia aquele *revival* de fama pública, quase uma "fama póstuma", brincou secretamente consigo mesma. E deixou que todas as imagens recuassem para um segundo plano indistinto, onde não passavam de um zumbido — um zumbido à-toa, que não importunava, que não lhe dizia nada.

2

De fato: no momento em que se aproximou da margem esquerda do rio Jurubatuba, no município de Cubatão, e deitou os olhos num declive de terreno revolvido e machucado, Maria Weiss experimentou outra vez aquela alegria rara, aguda, doída, que há muito tempo no fundo do seu ser não dava sinais de vida. Mandou isolar uma área maior de terreno, requisitou uns gatos-pingados que cursavam sua disciplina optativa e encomendou doses maciças de repelentes contra mosquitos, que em poucos dias devolveram à sua pele um brilho juvenil. Afinal, só a toupeira de um engenheiro poderia ter confundido aquelas bolotas de ossos com formas humanas.

Tanto quanto a pele, a mente da dra. Weiss ingressou num novo ciclo de rejuvenescimento. Embora ela própria se considerasse uma intelectual de gabinete, o trabalho de campo lhe fazia bem: as idéias corriam céleres e detectavam os obstáculos à distância. Os músculos, com elasticidade renovada, obedeciam aos impulsos sem pestanejar. Fagulhas de entusiasmo infundiam, no corpo e no espírito, o aglutinante que faltava, e de toda a sua pessoa emanava uma corrente contínua de calor, energia, dinamismo.

Na beira dos setenta, era o retrato vivo de uma pioneira. Não se incomodava nem um pouco em passar horas rodeada por nuvens de mosquitos, esquadrinhando o solo negro ao pé da serra, perscrutando minuciosamente cada fragmento de osso, cada suspeita de resíduo orgânico, com a lente perfuratriz de seus implacáveis olhos azuis. Quando não estava em Jurubatuba, conduzindo as escavações, trancava-se no laboratório, refazendo cálculos, tecendo hipóteses e testando-as à luz dos trabalhos mais respeitáveis da Geopaleontologia. Durante oito meses, em companhia de três alunos que resistiram bravamente, a dra. Weiss mediu, remediu, mapeou, limpou, classificou e estudou ossos, lascas, restos, até ter certeza de que estava a um passo da mais extraordinária descoberta.

Espalhados pelo sítio arqueológico de Jurubatuba, no limite entre os últimos bananais da baixada e as primeiras elevações da serra, haviam sido estocados durante milênios pelo milagre da compressão das rochas, e trazidos à superfície pelo acaso da dinamite, os ossos do mais completo fóssil da espécie *Diplodocus moguncienses* — assim denominada porque seu único exemplar conhecido fora descoberto nas margens do Reno, na década de 20, e desde então encontrava-se exposto na sala central do Museu Romano-Germânico da Mogúncia, na Alemanha.

Por mais surpreendentes que fossem as análises dos ossos de Cubatão, a dra. Weiss não podia fechar os olhos para as evidências. Se punham em questão a relevância do fóssil alemão, *tant pis*! Ela não tinha culpa se europeus e norte-americanos haviam se precipitado em aceitar aquela teoria bizarra que conferia estatuto de prova inabalável à precedência de achados europeus, unicamente porque as jazidas carboníferas do Reno recuavam amplamente no tempo. Que tinha o curso do Reno a ver com aquilo? As escavações no pé da Serra do Mar diziam respeito a um esqueleto de *Diplodocus* que ultrapassava em vários metros seu comparsa alemão e cuja origem, superando todas as expectativas, remontava a algum ponto entre 180 e 213 milhões de anos.

Quando se deu conta da importância do que tinha nas mãos, a dra. Weiss passou a primeira de muitas noites sem dormir. Na manhã seguinte, dispensou os alunos por uma semana, certificou-se de que haveria um guarda zelando pelos ossos de Jurubatuba 24 horas por dia e trancou-se no laboratório. Maquinava a melhor forma de revelar ao mundo a descoberta extraordinária.

3

Com olheiras profundas, a dra. Weiss baixou as pálpebras por um instante. Navegava há horas na banda larga, reaquecendo seus conhecimentos não só de Geofísica e Paleobotânica, mas também de relações públicas com a Europa. Pesquisara o calendário dos eventos e congressos da área, e tinha arriscado algumas mensagens a eminentes paleontólogos europeus. Por duas vezes começou a preparação de um longo artigo apresentando sua descoberta, mas se deu conta de que um resquício de respeito pela ciência acumulada no Velho Continente ainda a tolhia. Não tinha inteiramente claro o alcance de suas reivindicações. Caberia pedir uma revisão dos critérios adotados pela Comissão Internacional de Estratigrafia? Afinal, o Jurássico devia seu nome às montanhas do Jura, na França; o Devoniano, à geologia do Condado de Devon, no sul da Inglaterra; o Cambriano era tributário das rochas infra-silusianas de Cumberland, ao norte da mesma ilha. Não seria então o caso de se considerar a existência de um "período Jurubatubense"? Ou seria melhor "período Jurubatucubatense"?

Assolada por questões dessa magnitude, a dra. Weiss massageou os olhos com a palma das mãos e recordou os versos iniciais da dedicatória do *Fausto* — aqueles que falam das sombras amigas que retornam. Do fundo da memória, tentou puxar as visões fugidias de seus primeiros tempos de Brasil, quando, acolhida pela comunidade científica, sua presença era continuamente solicitada em trabalhos de campo. Muito jovem, conhecera boa parte do litoral sul de São Paulo, acompanhada por geógrafos, botânicos, historiadores, antropólogos, e até mesmo politécnicos, que recebiam de bom grado a contribuição discreta, mas sempre bem fundamentada, da Paleontologia. Com a versatilidade das imagens hipnagógicas, dançaram à sua frente, em improváveis combinações, os vultos de Conceição Vicente de Carvalho, Ribeiro de Araújo Filho, Gioconda Mussolini... e misturaram-se na retina as viagens que com eles fizera ao Costão do Sombrio, às nascentes dos rios Branco e Juquiá, à hinterlândia de Santos, Peruíbe, Iguape, Cananéia.

Agora que estava prestes a promover um abalo em convicções científicas há muito sedimentadas, ela se reconhecia, antes de tudo, como uma floração tardia daquele esforço notável de emancipação da ciência brasileira — esforço por romper os moldes de interpretação do Velho Mundo e criar uma ciência própria, à altura do Novo Continente. Queria apenas seguir o exemplo daqueles cientistas maiores, em cujas veias corria em doses equivalentes o senso do rigor e o da aventura... *Sapere aude!* Não era essa a máxima de Kant que ela aprendera a conjugar na juventude?

Todavia, a dra. Weiss já não era uma jovenzinha. Sabia que precisava planejar com cautela os próximos passos. Por um lado, após as descobertas do *Saturnalia tupiniquim*, de Langer; do *Guaibasaurus condelariensis*, de Ferigolo, ambas em 1998; e do *Sacisaurus agudoensis*, descrito por Langer e Ferigolo em 2001, seus esforços vinham confirmar a excelente fase por que passava a Paleontologia brasileira. Por outro, nada disso lhe garantia o acesso imediato a uma boa publicação. Até mesmo eles haviam sido recusados duas vezes pelo *Paleontobiology Journal* antes de poderem provar que o *Sacisaurus* do Rio Grande do Sul datava de 220 milhões de anos, não só desbancando seu parente próximo da Polônia, o *Silesaurus opolensis*, como assumindo o posto de o mais antigo fóssil de dinossauro já encontrado... E havia que convir que o peso político da Polônia nessas questões era bem menor do que o alemão.

Precisava agir com cautela. Mais algumas noites de insônia e compreendeu que, na sua posição, seria mais sábio sondar o terreno. Em vez de fazer suas revelações de supetão num congresso qualquer e correr o risco de enfrentar dezenas de oponentes de uma vez só, era melhor eleger um único interlocutor, a quem se dirigiria como um colega, como um igual — e, tendo avaliado todas as estratégias possíveis, decidiu-se pelo mais importante de todos: o diretor do Museu Romano-Germânico, da Mogúncia.

4

A resposta a seu pedido de entrevista não se fez esperar. Passados 28 dias, chegou da Alemanha um cartão confirmando a data que ela mesma tomara a liberdade de sugerir. Nos meses que seguiram, as semanas ganharam asas. Em surdina, sem levantar suspeitas, reuniu todo o material necessário para sua viagem: fotos das escavações, análises do solo local e gráficos com medidas comparativas. Mas, para que não pairassem dúvidas e os fatos fossem mais eloqüentes do que as palavras, escolheu a dedo meia dúzia de vértebras que, para um bom paleontólogo, bastariam para indiciar a conformação exata de um *Diplodocus*.

Por via das dúvidas, protocolou ainda um novo pedido de extensão de prazo para as escavações e teceu as primeiras alianças para o que poderia vir a ser um futuro Museu de Paleontologia da Serra do Mar. Afinal, com o vulto de sua descoberta, a ciência teria como lançar bases sólidas na região e não ficar atrelada aos trabalhos de uma rodovia e ao intervalo aleatório de suas explosões.

Nesse ínterim, a dra. Weiss podia ser vista percorrendo incansavelmente os corredores da universidade. Por mais atarefada que estivesse, encontrava tempo para ler com atenção cada anúncio de congresso, colóquio, seminário ou lançamento de livro. Todos aqueles avisos que até pouco antes lhe eram completamente indiferentes haviam adquirido subitamente forma e sentido. A ciência era mesmo uma coisa espantosa. Um grande esforço coletivo, para o qual cada pesquisador contribuía com sua parcela de importância. A dra. Weiss sabia que todo conhecimento é finito. Mas sabia também que os grandes feitos científicos, aqueles que perduram no tempo, são os que produzem um mecanismo que se engasta de tal modo na História que esta é obrigada a recomeçar continuamente a partir deles. Se isso ocorrera com a Teoria dos Números e o Paradigma de Kuhn, por que não ocorreria com o *Diplodocus* de Jurubatuba e todas as implicações que ela iria extrair daquela tão singular configuração de ossos?

Na iminência desses acontecimentos extraordinários, sua vida deixou de soar como uma seqüência de notas desgarradas e ganhou um desenho novo, exato. Lembrou-se do tormento de seus últimos anos em Bratislava, dilacerada entre a vocação para as ciências e uma forte inclinação pelo violoncelo, que a perseguia desde o início da adolescência. Conseguira equilibrar seus talentos ao longo de toda a graduação, mas no último ano o conflito se fez agudo. Os professores da universidade acenavam-lhe com uma carreira promissora no terreno das ciências, e os do conservatório escreveram uma carta à Escola Superior de Música de Viena, assegurando-lhe a vaga, caso ela optasse pela carreira de celista.

Uma tarde na véspera de um exame, quando cruzava o salão central da biblioteca da universidade, sentiu calafrios e náusea ao recordar que fora ali mesmo, no edifício da biblioteca, que Liszt dera seu primeiro concerto, aos nove anos de idade. Teve de buscar apoio no tampo de uma mesa; nesse instante, uma frase a atravessou de cima a baixo: *a música é um pensamento que não se pensa, transmuta-se.* E Maria permaneceu ali por vários minutos, cabeça baixa, aterrorizada com essa possibilidade.

Nas últimas semanas de curso, sentiu que alguma coisa se precipitava dentro dela. Como um corrimento de basalto que subitamente se interpõe entre outros estratos geológicos, sentiu que alguma coisa nova, sólida e duradoura construía-se em seu interior. A música não a alimentava mais. Compreendeu que estava cansada de Liszt, cansada de sua charlatanice musical e todo aquele romantismo que — agora tinha certeza disso — proporcionara as bases harmônicas e melódicas para duas guerras mundiais.

Quase ao mesmo tempo, descobriu que se reconhecia intimamente na descrição sumária dos processos despojados de quaisquer atributos mágicos e reduzidos à condição de puras evidências físico-químicas. A redução essencial dos fenômenos. O descarnamento absoluto e radical de que só a ciência é capaz. E, entre os ramos da ciência, nenhum podia aspirar à condição de pedra basilar do conhecimento senão a Paleontologia — pois só esta tinha como princípio o contato vivo, investigativo, com a evidência primeira, o indício maior. Para um espírito propriamente científico, nada substituía o contato com o osso em si, fossilizado, mineralizado, e que por isso mesmo resumia, nas suas minúsculas saliências e reentrâncias, toda a história do planeta Terra.

Nem Humboldt, que cultivara uma infinidade de interesses e por quem ela nutria um sentimento próximo à veneração, acreditara ser possível conciliar com seriedade a Música e a Ciência. Como não possuía nem os dons nem a fortuna de Humboldt, ela teria, portanto, de escolher. Nessa hora, os sessenta quilômetros que separavam Bratislava de Viena pareceram-lhe uma distância infinitamente maior do que o Oceano Atlântico e metade da Europa que a separavam das itacoatiaras da Paraíba e dos fósseis do semi-árido nordestino, sobre os quais se informara numa revista de divulgação científica. E, sem mais pensar, a jovem estudante Maria Weiss renunciou de uma vez por todas ao violoncelo em favor da Paleontologia.

Com o entusiasmo de recém-chegada, a recusa em se deixar abater pelas desilusões amorosas e um ambiente acadêmico extremamente receptivo aos estrangeiros, não teve problemas para concluir sua pós-graduação na Universidade de São Paulo. Pouco tempo depois viu-se como a única candidata a uma vaga de docente em Paleontologia na recém-inaugurada Universidade das Terras Baixas do Litoral.

Bem mais do que a "última missão antes do indulto final", as escavações de Jurubatuba haviam se revelado, no fim das contas, a justicativa maior para toda a sua vida, dissipada naquela cátedra-fantasma de uma cidadezinha à beira-mar. Chegara ao Brasil como jovem estudante, embebida até a medula numa névoa de euforia e ansiedade; retornava agora, quase cinqüenta anos depois, cientista madura e reconhecida. Não por acaso, comprara sua passagem para o primeiro dia do mês de abril, quando as temperaturas tornavam-se mais amenas e a primavera retornava ao Hemisfério Norte.

5

No Brasil, ninguém conseguiu montar o quebra-cabeça.

A polícia de Frankfurt declarou que todos os procedimentos adotados para o desembarque do vôo Lufthansa 507, com origem em São Paulo, eram rotina para vôos vindos da América do Sul. Ao ser abordada pelos agentes de segurança do aeroporto, a senhora Weiss teria sofrido um desmaio em virtude de grave acidente vascular cerebral que, até o último boletim divulgado, comprometia seriamente suas funções de fala e movimento.

Apesar de os primeiros testes farmacológicos não terem apresentado qualquer resultado conclusivo, a reação dos cães farejadores, que haviam se lançado sobre a bagagem da senhora Weiss com ferocidade nada comum, permitia supor que a passageira comportava-se de fato como grande traficante — e o que ela transportava em sua mala, cuidadosamente acondicionadas em mantas de algodão e plastibolha, eram cinco bolotas compactas de pasta de cocaína.

Retórica dos namorados, dá-me uma comparação exata e poética para dizer o que foram aqueles olhos de Capitu. Não me acode imagem capaz de dizer, sem quebra da dignidade do estilo, o que eles foram e me fizeram. Olhos de ressaca? Vá, de ressaca. É o que me dá idéia daquela feição nova. Traziam não sei que fluido misterioso e enérgico, uma força que arrastava para dentro, como a vaga que se retira da praia, nos dias de ressaca. Para não ser arrastado, agarrei-me às outras partes vizinhas, às orelhas, aos braços, aos cabelos espalhados pelos ombros, mas tão depressa buscava as pupilas, a onda que saía delas vinha crescendo, cava e escura, ameaçando envolver-me, puxar-me e tragar-me.

[...]

A confusão era geral. No meio dela, Capitu olhou alguns instantes para o cadáver fixa, tão apaixonadamente fixa, que não admira lhe saltassem algumas lágrimas poucas e caladas...

As minhas cessaram logo. Fiquei a ver as dela; Capitu enxugou-as depressa, olhando a furto para a gente que estava na sala. Redobrou de carícias para a amiga, e quis levá-la; mas o cadáver parece que a retinha também. Momento houve em que os olhos de Capitu fitaram o defunto, quais os da viúva, sem o pranto nem palavras desta, mas grandes e abertos; como a vaga do mar lá fora, como se quisesse tragar também o nadador da manhã.

Dom Casmurro,
caps. XXXII e CXXIII (1899)

O PRINCÍPIO BINÁRIO

Alberto Mussa

No início de 2008, *ano do centenário da morte de Machado de Assis, o filólogo suíço Albert von Brunn, diretor da Biblioteca Central de Zurique, escandalizou o mundo acadêmico com a revelação de que o romance* Dom Casmurro *fora baseado em fatos reais.*

Von Brunn apresentava, como prova bastante, um caderno de partituras, descoberto naquela mesma biblioteca, que registrava cantos populares do Brasil — pregões de ambulantes, pontos de pernada, batucadas, ladainhas, caxambus. Não havia letra subscrita às melodias; nem indicação de autor. As peças apenas podem ser identificadas pelo número da página.

Certa peculiaridade, no entanto, era notável: algumas folhas não continham música, mas notas manuscritas, em português, sem data, lançadas numa caligrafia tipicamente feminina.

Como representante do governo brasileiro, estive na Suíça para examinar estes papéis. Não me pareceu que a cronologia das notas obedecesse à ordem das páginas. Propus, assim, editá-las na seqüência abaixo.

Admito que omiti algumas delas; e que a ordenação proposta não é incontroversa. Desnecessário dizer que busquei com isso efeitos meramente literários. O número no alto e à esquerda corresponde ao da página onde se encontram os manuscritos.

[143]

Às vezes penso em satisfazer a vontade de José Dias e remeter para o Rio de Janeiro um retrato de Ezequiel. Não provocaria, naturalmente, nenhum impacto: Ezequiel é a cara do pai.

Mas não sei se há, por trás dessa insistência do velho agregado, alguma intenção secreta do senhorio.

Talvez seja por isto que prometo e não cumpro nunca: não quero dar nem armas nem consolo ao homem que me exilou neste país, onde não tenho amigos e vou morrendo de tristeza e frio.

[149]

Disse que não tenho amigos: não posso dar tal denominação a esse punhado de jovens que vem aqui conversar com Ezequiel sobre povos antigos e extintas civilizações.

Outro dia lhe perguntaram sobre o pai. Falou dele com uma tal ternura que me comoveu às lágrimas. Esse menino tem, realmente, um espírito superior.

Acabei não resistindo e exibi a todos a velha fotografia de Escobar, que mantenho fechada em meus guardados. Nenhum deles, nem mesmo Ezequiel, percebeu o corte que fiz nela há tempos, para remover a dedicatória com o nome de Bentinho.

[104]

Nunca tive ciúmes de Escobar. Soube de suas aventuras com atrizes e estas histórias até me envaideciam.

Há um motivo muito feminino para esse sentimento: sabia, sentia que ele me desejava, embora não me amasse. Eu estava acima das atrizes. Tanto que rapidamente desistiu delas.

Nem todas as mulheres têm tamanha segurança, uma segurança dessa espécie. Mas eu tive. Triste, empregar o verbo no passado. Porque, hoje, Escobar é uma lembrança amarga.

[15]

Reconheço que esta minha liberalidade não é comum. Minha atitude tem, no entanto, explicação na minha biografia: sempre fui vítima de ciúme desmedido. Meu pai, por exemplo, era quase um cão de guarda. Praticamente me impediu de ter amigos ou relações — exceto na família que morava pegada à nossa casa. Não foi à toa que meu primeiro namoradinho de infância tenha-se tornado meu marido.

Lembro o dia em que papai nos surpreendeu perto do muro. Eu tinha gravado ali, com um prego, uma confissão de amor. Papai se fez de tolo, fingiu não ter notado nada. Mas redobrou os cuidados e envolveu mamãe nessa vigilância.

[105]

Depois de casada, ele logo me proibiu de aparecer em público com os braços descobertos. Tinha de mim um ciúme doentio. Fosse um velho, fosse uma criança. Tinha ciúme até de si mesmo.

Minha dúvida, ao analisar o passado, é saber se eu dei motivos, se fui imprudente em alguma circunstância.

[175]
Uma contradição do meu marido: era ciumento com tudo e com todos. Na vida real e prática.

Na nossa intimidade, no entanto, tinha necessidade de sentir ciúme, de me sentir como se fosse de outro.

Apenas um jogo? Ou será justamente a necessidade desse terceiro elemento fantasioso que explica o comportamento possessivo e desconfiado da vida real?

[73]
Ele tinha rompantes de ciúme mesmo antes de se casar. Confesso que, uma e outra vez, eu possa ter dado razões.

Por exemplo, em relação àquele rapaz — José Higino, se não me falha a memória — que passava a cavalo todas as tardes pela nossa rua.

Éramos namorados e ele estava debaixo da minha janela, quando José Higino passou. Passou e deitou os olhos em mim, acintosamente. Acho que fiz o mesmo, por um tempo talvez excessivo.

Foi uma imprevidência. Quando me dei conta, o outro tinha-se enfiado corredor adentro.

[180]
Esse tema me obceca: qual imagem faziam de mim? José Dias, hoje tão amável, não me tolerava. Chegava a dizer que eu tinha modos obscenos de cigana, como minha sogra me revelou.

Minha sogra, aliás, foi minha única amiga, a única pessoa que realmente gostou de mim — e incluo aí todos os tipos de amor, de homens e mulheres.

Ezequiel, claro, é outra coisa.

[169]
Será que nunca fui feliz? O que é ser feliz? Tive um casamento desastroso; mas amei Escobar. Boa pergunta: vale mais amar ou ser amada?

[33]
Boa lembrança: o primeiro beijo. Ele me fazia as tranças. Acho que fui muito ousada, estava nervosa, e a timidez, a carolice dele podiam pôr tudo a perder. Mas eu me reclinei, lembro bem que abri os lábios de um jeito tão provocante, que ele não resistiu.

Hoje, penso que agi com a vulgaridade das atrizes. Mas não me arrependo.

Não sei exatamente se foi naquela circunstância que ele me chamou, a primeira vez, por aquele estranho apelido.

[71]
Devo admitir isso: meu marido era meio louco. Desde moço apresentou essa tendência. Certa vez o surpreendi falando com um interlocutor invisível. Brinquei com ele, que me respondeu como se tivesse acabado de se despedir de um amigo.

Comentei isto com minha futura sogra. E ela, muito triste, por meias palavras ratificou minha suspeita: no jantar, o filho agira de modo semelhante, como se houvesse um convidado invisível à mesa.

Apesar de todos os indícios, acabei subestimando a verdadeira extensão do problema.

[106]

Certa vez, consegui converter minhas economias domésticas em dez libras esterlinas. Os maridos em geral reclamam das despesas femininas. O meu nunca teve o que falar de mim, nesse aspecto.

Eu teria merecido só elogios. Só que entre nós as coisas fugiam sempre da normalidade.

Ao mesmo tempo que se mostrava impressionado com a minha poupança – e me chamando "Capitu" com aqueles olhos lânguidos –, parecia desconfiar de algo.

E não é que tive de me explicar? De explicar como as libras tinham vindo parar nas minhas mãos?

Disse, obviamente, a verdade – que não surtiu efeito, como de outras vezes.

[101]

Meu casamento, mais propriamente a cerimônia e a celebração, me são muito caras. Foi uma festa linda, emocionante. Creio que toda noiva imagina ter alcançado o Paraíso quando se torna esposa. É pelo menos o que os padres dizem, embora não entendam desse assunto, em seus mínimos detalhes.

Também não posso me queixar da minha vida íntima de mulher. Afinal, um homem que seduz atrizes de teatro...

Mas foi uma felicidade passageira, que teve um fim súbito e sombrio.

[44]

E se meu marido tivesse sido padre? Não consigo imaginar qual teria sido meu destino.

Lembro que, quando essa possibilidade ainda era concreta, e eu brigava com ele, brigava para que ele fosse homem e se opusesse com veemência aos planos da família e do maligno José Dias, ele manifestou pela primeira vez uma tendência mórbida, uma tara, como dizem os médicos: me fez jurar que o iria escolher para confessor.

Em miúdos: queria ouvir de mim o relato dos pecados carnais inerentes ao matrimônio.

Essa brincadeira do confessor nunca desapareceu completamente da nossa intimidade

[152]

Creio que foi da "brincadeira" do confessor que se desdobrou um comportamento mórbido: ele passou a exigir que eu simulasse ser casada com um homem imaginário, fazendo ele as vezes de meu amante.

Adorava que eu assumisse a atitude libertina das adúlteras, quando não das prostitutas (e o episódio das libras esterlinas teve esse final indecente).

Inventei muitos nomes, embora todas essas personagens praticassem, na fantasia, as mesmas bandalheiras. Depois de certo tempo, ele se fixou no papel que já me acompanhava desde muito e que ficou para sempre — o da cigana "Capitu". Parecia transtornado, quando me chamava assim.

Nunca tive a liberdade de perguntar a outras mulheres se muitos maridos têm o mesmo desvio.

[170]

Às vezes me pego sorrindo, ainda que com amargura. É talvez a sina dos solitários e dos exilados, como eu.

Agora mesmo, recordando esta toada que acabei de transcrever, me lembrei de uma cena ridícula: ele cantarolava a toada — que era o pregão de uma velha que vendia pamonhas de milho — enquanto remexia lá naqueles autos incontáveis.

De repente, saiu do gabinete e gritou por mim, pedindo que lhe comprasse umas pamonhas. "Ora", disse eu, "a velha ainda não passou".

E ele ficou parado ali, com cara de bobo, como se eu houvesse dito algo de extraordinário.

[132]

Talvez o pior dia da minha vida tenha sido o do ingresso de Ezequiel no internato.

Fui eu que propus a internação. E disso me arrependo até hoje, profundamente. O menino foi praticamente arrastado pela rua, chorando e perguntando se iria voltar para casa.

A idéia do internato foi uma tentativa de atenuar o sofrimento dele, tratado como um estranho a quem se tem aversão.

Mas a solução foi extrema e infrutífera. Jamais direi a ele a verdade.

[112]

Fico pensando, hoje, se realmente Ezequiel tinha o vício da imitação, como se dizia dele. A semelhança com Escobar, ainda que nos modos, não pode ser julgada dessa forma. Talvez ele seja influenciável; e, como admirasse o pai, seu comportamento tenha sido natural.

Ainda hoje, quando vejo Ezequiel, lembro os olhos e a passada de Escobar. Escuto a voz de Escobar quando é meu filho quem fala.

E como tudo isto me entristece!

[141]

A tese de que minha vinda para este país constitui, na prática, um exílio não é nenhum exagero. Escrevi diversas vezes a meu marido. As cartas podiam carecer de alegria, mas também não eram agressivas. Por que nunca me respondeu com um mínimo de afeto, com um mínimo de remorso?

Nunca dei motivos para que ele me tratasse desse jeito. É incompreensível; e ao mesmo tempo natural — já que age quase sempre com privação de sentidos.

Descobri outro dia, por uma carta de José Dias, que ele inclusive esteve na Suíça. Não para me visitar, embora deva ter dito que o faria, aos nossos conhecidos.

Tamanha hipocrisia é inconcebível em pessoas normais. Mas o problema é mais profundo: que pensar de alguém capaz de simulação tão sórdida? Vir do Rio de Janeiro até aqui apenas para dar satisfação a outros, para dar satisfação a outros como José Dias?

[128]

Uma cena que ilustra muito bem a doença (creio que posso chamá-la assim) do meu marido: certa ocasião, Justina e José Dias jogavam baralho quando ele entrou, muito tenso, muito afobado, com um ar de quem houvesse passado por uma grande comoção. Creio que isso se deu um ou dois dias depois daquele fatídico acidente no mar.

Ele começou a me fazer perguntas incompreensíveis. Por que eu não estava na casa do defunto, fazendo companhia à viúva.

Quis que me desse logo uma satisfação daqueles disparates. E ele continuou falando, como se o enredo que ele imaginava fosse conhecido de todos.

Fui chorar no quarto, ao pé da cama de Ezequiel. E, quando voltei, ele continuava naquele estado deplorável, lamentando ter jogado fora um discurso que fizera no cemitério.

[124]

José Dias é minha melhor testemunha. Ouvi de sua própria boca a narração daquela degradante comédia do cemitério – que não supunha fosse verdadeira.

"Envergonhadíssimo", foi como o agregado se sentiu. Ainda bem que não estive presente (e nem teria cabimento); não suportaria ver meu marido fazer questão de falar e dizer as bobagens mais convencionais, ainda por cima gaguejando e cometendo erros de gramática.

O defunto que mereceu seu discurso certamente não lhe pode provocar a menor saudade.

[123]

Não sei exatamente como foi o acidente. Escobar era um homem forte e estava acostumado a nadar, mesmo com mar alto. E o mar, naquele dia, nem estava tão alto assim.

Havia muita gente na sala, inclusive os homens que o retiraram da água. Difícil definir o sentimento que me tomou, naquela hora. Minha perturbação era tão visível que uma senhora veio me amparar.

Olhei demoradamente para ele. Era realmente muito lindo. Parecia se fingir de morto.

[163]

Meu marido, na intimidade, era uma pessoa muito diferente. Parecia ser mesmo outro homem. Tinha vigor, admirava a própria beleza, demonstrava interesse em mim, como mulher.

É estranho dizer isso, mas só nesses momentos sentia haver nele alguma autenticidade. Era como se ele, na vida comum, perdesse todas as qualidades viris.

Mas um fato é muito digno de nota: foi a partir do acidente no mar do Flamengo e do episódio no cemitério que minha vida de esposa terminou. Acabaram-se as brincadeiras, as personagens, as perversões.

Até hoje, não consigo compreender por quê. Suspeito, apenas. E tal suspeita é aterrorizante.

[131]

Chega a ser engraçada essa lembrança: certo dia, à mesa, fiz um comentário sobre a grande semelhança que há entre Ezequiel e Escobar. Ele concordou, não disse nada na hora, pareceu até achar aquela casualidade muito natural, muito esperável.

Estranho que depois tenha-se tornado sombrio, particularmente quando se dava conta desse fato tão evidente quanto natural, como eu mesma advertira.

Este é o ponto-chave: em algum momento, algo se rompeu dentro dele, algo de muito negativo veio à mente dele.

Aquela semelhança, que deveria ser motivo de alegria, passou a obcecá-lo como se fora um crime. E está na origem dos nossos grandes sofrimentos.

[182]

Este é um caso para alienistas: se se deseja um terceiro elemento como parceiro numa relação amorosa, como vir a ter ciúme, como possuir natureza tão possessiva?

[168]

Passei pelas situações mais constrangedoras que uma esposa possa ter passado. O caso da confeitaria é um exemplo.

Certa tarde, paramos, eu e ele, para tomar café com biscoitos, num estabelecimento da rua da Carioca. Ele estava de muito bom-humor e pediu chá.

O moço pôs, naturalmente, duas xícaras. Ele reclamou mais uma; e deu uma risadinha.

Percebi naquele riso o tom dos nossos jogos íntimos. Não quis acreditar que ele fosse fazer gracinhas naquela circunstância. Mas fez.

Quando o moço trouxe a terceira xícara, perguntou se esperaríamos até a chegada da outra pessoa. Meu marido fez uma estranha careta. E, desvirando sua xícara, disse exatamente assim: "Pois sirva-nos imediatamente; primeiro ao nosso amigo Escobar".

E apontava para o lugar vazio.

[137]

Até hoje sonho com o dia em que ele disse para Ezequiel que não era seu pai. Sonho, não. Tenho pesadelos.

Não sei como o menino se recuperou do trauma. Não sei como pode ainda amá-lo e respeitá-lo. E querer voltar ao Rio de Janeiro.

[138]
Quando ele me disse que não era pai de Ezequiel, percebi que as coisas chegavam ao limite. Não sei se demonstrei minha indignação. Não sei sequer se fiquei indignada. Em alguns momentos, acho que deixei transparecer minha derrota. Em outros, fui irônica. Disse que ele tinha ciúme até dos mortos. E exigi que se explicasse.

Quando me disse que o menino era fruto dos meus amores adúlteros com o seu melhor amigo, ri. Era a única reação possível.

Invoquei, em minha defesa, a casualidade de ser ele idêntico ao menino. Mas a separação já estava decidida.

[139]
Tenho ainda comigo esse retrato de Escobar, que ele olhava com tanta insistência e com tanto assombro. Realmente, é como se fosse o próprio Ezequiel.

[156]
Como posso ter vivido a vida inteira com um demente? Um homem casmurro, insociável, covarde. Incapaz de encarar o próprio espelho.

[164]
Outro dia, Ezequiel me falava de um curiosa coleção de estatuetas africanas, talhadas em madeira, que pretendia adquirir em sociedade com os colegas.

As peças representam o que ele chamou "duplos". Esse povo selvagem, mas espantosamente criativo, acreditava que cada ser humano possuísse uma réplica de si mesmo, uma espécie de gêmeo fantasma, que encarnava sua verdadeira essência.

As esculturas de madeira simbolizavam (ou aprisionavam dentro de si) essa réplica espiritual; e não podiam ser vistas pela pessoa a que se ligava. Quem visse a imagem de seu próprio duplo poderia assumir sua verdadeira – e perigosa – personalidade.

Por isso, as estatuetas eram enterradas, logo depois de esculpidas e consagradas.

Fiquei pensando nisto, muito tempo.

[165]

Mas chego à conclusão que o horror ao próprio duplo é imanente à natureza humana. Isso talvez explique todo o drama da minha vida.

[120]

Foi só quando cheguei aqui e que me pus a arrumar as coisas que reparei em algo que já poderia ter notado, se não fosse tão distraída.

Ao retirar a fotografia de Escobar do porta-retratos, li uma absurda dedicatória, que ficava meio encoberta pela moldura: "Ao meu querido Bentinho, o seu querido Escobar".

"Bentinho"? Quem, diabos, era esse anônimo "Bentinho"?

Os leitores atentos talvez tenham percebido uma notável coincidência: o número das folhas do manuscrito descoberto por Von Brunn corresponde ao dos capítulos do romance de Machado de Assis, onde são narrados os mesmos eventos.

Claro — com diferenças fundamentais de ponto de vista. Tais dessemelhanças são atribuíveis, segundo o testemunho da autora das notas, ao desequilíbrio mental do marido — que não apenas fantasiava fatos como acreditava fossem reais situações imaginárias.

O documento tem alto interesse para a teoria geral dos duplos. Suponho que será de grande proveito reler o texto, em cotejo com as respectivas passagens do romance.

Não será necessário esclarecer que as notas com números acima de 148 — *total de capítulos do* Dom Casmurro — *não foram aproveitadas por Machado.*

Uma observação fundamental: o caderno de música tem aposto o nome de sua proprietária. Não surpreenderei a ninguém se revelar que pertenceu a Sancha Escobar.

Que não possamos ver os sonhos uns dos outros!

"Uns Braços" (1885)

VIGÍLIA

Carola Saavedra

O LEITOR:

Sonhei que havia uma planta em cima da mesa, a sala de jantar, móveis antigos, escuros, sobre a mesa uma toalhinha de crochê e uma planta. Não sei que planta era, petúnia, azaléia, uma orquídea, não sei, mas era planta que dava flor, eu tinha certeza, mesmo que ainda fossem apenas folhas, uma planta sem flores em cima da mesa, mas no sonho eu sabia, eu não via as flores, mas elas estavam lá, ou apareceriam a qualquer momento, até mesmo a cor, bege, sem dúvida, combinando com a toalhinha de crochê. Sentados à mesa, um garoto e uma mulher, eles jantavam em silêncio, ouvia-se o barulho dos talheres, da mastigação, depois, não era mais um garoto, ao olhar com atenção, era um rapaz, ainda muito jovem, mas já um rapaz, ele comia sem levantar os olhos do prato, distraído, outras vezes fixava a vista nos quadros na parede em frente. Eram dois quadros, dois santos, típicas pinturas de santos, talvez parecidos aos que vi outro dia alguém vendendo na rua, mas não saberia dizer que santos eram. Ele olhava para o prato de comida e para os quadros alternadamente, às vezes olhava também para a mulher. Ela lembrava uma andaluza, dessas de filme antigo, o cabelo preso com dois pequenos pentes, um leque e um xale sobre os ombros. O xale me pareceu bonito, formava um v caindo-lhe pelas costas, as longas franjas nas pontas pareciam ter movimento próprio, o xale cobria-lhe os ombros e um pouco dos braços. Ela tinha o cabelo escuro que contrastava com a pele muito branca e os lábios que pareciam pintados de vermelho. Usava uma blusa de malha justa e uma saia comprida e rodada como eu vira alguma vez, também num filme, ou num espetáculo de dança flamenca. Ali, sentada, parecia um manequim, o rosto imóvel, os gestos contidos, as costas muito eretas. Mas ela não comia, ou acabara de comer, empurrou o prato para o lado e colocou sobre a mesa uma revista. Folheou as primeiras páginas, era uma publicação de moda ou uma fotonovela, ela então disse algo ao rapaz e estendeu-lhe a revista, eu não podia ouvir suas palavras, mas por algum motivo eu sabia, ela dizia que era a história de uma princesa, uma princesa italiana, o rapaz dava um sorriso e continuava comendo. Ao acabar a refeição, ele levanta, vai até a janela e fica lá, de costas para a mulher, ele diz alguma coisa, fala por longo tempo, mas sempre de costas, olhando para o mar, ou para as montanhas. Ele é ainda muito jovem. O rosto de traços quase infantis contrasta com a sombra que surge logo acima dos lábios, e o olhar, um olhar de homem adulto. Assim como ela, tem o cabelo escuro e a pele muito branca, há entre eles uma leve semelhança. A mulher continua sentada, volta a comer como se não estivesse ouvindo, mas está, ele debruçado na janela. Nesse instante vem da rua o barulho de uma banda de música ou talvez um circo que chega na cidade, o rapaz continuava falando como se não houvesse aquele alvoroço, aquela algazarra, fala em tom pausado, a voz baixa. Lá fora, uma jovem fantasiada de princesa lhe faz acenos com a mão, a mesma da revista, ela sorri, ela diz alguma coisa, talvez pedindo-lhe que saia, que se junte à festa na rua, mas ele não a ouve. Lá dentro, a mulher terminou de comer, levanta e caminha em direção ao rapaz, antes, porém, ajeita a planta e a toalhinha de crochê em cima da mesa. Envolve-se ainda mais em seu xale, como se tivesse frio. Ela se aproxima e coloca a mão sobre o ombro do rapaz que continua de costas, olhando pela janela. Ele agora em silêncio. Ela parece então bem mais velha, as rugas no canto dos olhos, o corpo muito magro de bailarina. Ela o abraça pelas costas, gruda o seu corpo ao dele, seus braços lhe envolvem a cintura. Ele segura as suas mãos, lhes faz uma leve carícia. Nesse momento, ele quer virar-se, olhá-la de frente, beijá-la, ele quer virar-se, mas, por algum motivo, não consegue. Lá fora, a vista do mar e da montanha, a banda de música ou o circo e o barulho cada vez mais forte.

A PLANTA:

Sonhei que o vento ia e voltava, era cedo ainda, muito cedo, o dia ainda não havia amanhecido, nenhuma luz que me despertasse. Mas eu estava acordada. Eu dormia um sono incompleto, que é sempre o meu sono, e ao mesmo tempo estava acordada, a vigília incompleta que é sempre a minha vigília, eu imaginava. Porque eu sentia que ao meu redor haviam outros sonos e outras vigílias. O vento era o mesmo vento de algumas manhãs, mas ainda era noite, ainda não se iniciara a lenta mudança da terra e das folhas. Eu estava ali, sobre a mesa, como sempre, mas algo acontecia, a sensação vinha e voltava, como o vento, ou junto ao vento, não sei, e eu sentia sede ou algo parecido com a sede e sentia um mal-estar e ao mesmo tempo uma alegria, essa ansiedade que ia e voltava, como se eu intuísse alguma coisa. Tudo me exasperava, a noite, sua permanência e sua instabilidade, e a janela que alguém deixara aberta. Alguém esquecera a janela aberta, alguém normalmente tão detalhista, tão cuidadosa, uma mulher impecável em sua casa impecável, e talvez fosse isso, esse descuido inesperado. Havia a expectativa, não do dia que estava por amanhecer, mas a expectativa de um efeito desconhecido, porque há algo que se estende nessa indecisão, nesse vai e vem. Outros poderiam dizer que era apenas um incômodo, eu poderia concordar em silêncio, sim um incômodo, essa dor opaca de quando surge um espinho, uma folha, mas havia desta vez certa alegria nessa ansiedade. E a impressão de que tudo se concentrava num só ponto, há tempos a água e a seiva e o sol e a terra, e até o vento que ia e vinha pela janela aberta se concentravam num único nervo, num só ponto. O resto parecia imóvel, indiferente. Eram as folhas, pensei no início, como outras vezes. Mas não, era outra coisa, percebi depois, algo que eu ignorava. O dia por amanhecer. A expectativa. E eu imaginava, intuição, era isso, o conhecimento de algo que ainda não existe, pensei, o mais perto que pude pensar, a manhã que se aproximava, o vento que ia e vinha, tão diferente, a janela que alguém esquecera aberta, as cortinas que voavam, alguns enfeites que haviam caído no chão, os mais leves, o sono e a vigília, nunca os mesmos, e agora as cores que começavam a mudar, as sombras que se desfaziam, os primeiros raios, no início ainda muito tênues, o vento e a terra e as folhas, e havia esse ponto, esse pensamento concentrado e árduo a refletir o dia, iluminando o interior da sala.

O MAR:
Sonhei que a janela se abriu novamente, a mesma da tarde anterior, de todas as tardes àquela mesma hora. A janela se abriu, era um garoto, no início inquieto, abriu-a com força desnecessária, olhou para mim, no início inquieto, talvez com raiva, muito jovem ainda, belo, sim, belo, olhos escuros e distraídos. Quantas pessoas se assomavam para logo voltar a desaparecer, eu às vezes agitado, às vezes calmo, que me interrogassem, eu alheio àquilo tudo, acostumado a suspiros e dúvidas, quantas vezes não ouvira os mesmos desejos, as mesmas expectativas. Mas aquela janela era diferente, o garoto, não mais um garoto, um rapaz, talvez sonhasse um outro sonho. Era belo, eu pensava, sentindo-me inquieto, como ele, a força desmedida, aos poucos foi se acalmando, eu não, ele sorria, sorriu e o sorriso lhe transformava o rosto, era belo. Era triste e belo, mesmo sorrindo. Abrira a janela com força desnecessária, o corpo inteiro parecia assim, um equilíbrio perdido, os movimentos desajeitados. Num esforço extremo eu chegaria até lá, atravessaria a calçada estendendo-me até o outro lado da rua, algo que raramente fazia, mas talvez eu quisesse. Ele, ali, imóvel, olhava para mim, entre todos que me olhavam, em um esforço extremo, ele também. Mas de um momento ao outro, ele já não estava mais lá. A janela vazia, senti uma ansiedade até então desconhecida, me agitei ainda mais, fixei-me nas outras janelas que se abriam e se fechavam, todas as outras, ele desaparecera, procurei-o em cada uma, pareceu-me que se escondia

atrás da cortina, agora apenas uma sombra, ou que simplesmente se afastara, um passo para trás e se afastara, pareceu-me estranho perdê-lo dessa forma, de um momento ao outro, uma distração, talvez alguém que o chamara, uma voz de mulher. Uma voz rouca, áspera. Pouco depois, ou terá sido no mesmo instante, pouco depois ele aparecia novamente, agora caminhando em minha direção, os pés descalços na areia, entre outros pés descalços, os dele, entre as janelas, a dele, é jovem, como eu imaginara, muito jovem, e parece ainda mais belo, assim de perto, e ainda mais belo quando sorri, assim de perto. Quis tocá-lo, no início levemente, me aproximei, às vezes tenho esses desejos, essa vontade repentina, quantas vezes não me acercara assim, sem que me esperassem, mas não qualquer um que se aproxime, ou se ofereça, muitos eu devolvo, tantos se oferecem, das formas mais tolas às mais sutis, eu devolvo, insistente, na mesma hora, ou dias depois, já devolvi ceias, e até bebidas, as melhores, e as mais belas flores e pequenas embarcações, não qualquer um, apenas um entre tantos. A minha escolha. E lá estava ele. Não o devolveria, nunca, desde que o vira, ali, debruçado na janela, um olhar perdido de quem não sabe ainda se sofre ou ri, aquele sorriso. Eu o reconheci desde o início, o corpo debruçado, depois ele se aproximando, e havia também as gaivotas, duas ou três que o acompanhavam, agora lembro. Depois apenas ele se aproximando e uma janela vazia.

O SILÊNCIO:

Sonhei que alguém jantava ao meu lado. Um homem jovem, muito jovem, e havia também uma mulher, bonita, porém, bem mais velha, mas no início eu ainda não a percebera, e então era como se ela não existisse, apenas ele, o jovem. Durante as refeições eu lhe fazia companhia, ao seu lado, ao seu redor, ele não dizia nada. Eu gostava da sua presença, ele não tanto assim da minha, parecia inquieto, quase sempre, como se eu incomodasse. Outras vezes sentia-me bem-vindo, parecia gostar de mim, até me necessitar, essa mudança constante de humor. Ele fazia um esforço grande, todos os dias, acordava muito cedo, o esforço de acordar e sentar-se à mesa, de comer, de segurar a xícara de café, eu ficava dando voltas, passeando pela sala, pelos quartos, às vezes, até à cozinha eu ia, às vezes acariciava-lhe os cabelos, a boca, gostava de sentir a sua boca, os lábios ressecados de tanto tempo assim, a me acompanhar. No início apenas ele me interessava. Só depois é que percebi aquela outra presença, a mulher sentada à mesa. Séria, reta Na primeira vez que ela me viu, me olhou surpresa, como se não me esperasse. Depois desconfiada, passou a me examinar, cuidadosa, todos os dias, acordava, e ficava ali, desde cedo me observando, a cada refeição. Talvez pensasse que eu poderia lhe revelar alguma coisa, e eu via surgir pouco a pouco uma linha em sua testa, logo seria uma ruga, eu dava voltas ao seu redor, às vezes a atormentava, e ela gostaria de livrar-se de mim, mas estranhamente não o fazia, e permanecia ali, esperando que eu lhe sussurrasse alguma coisa ao ouvido, eu me recusava, por capricho, escapava, fugia. Mas gostava de seus movimentos minuciosos, suaves, tudo nela era exato e suave, eu me sentia bem, ali naquela sala, ao seu lado, e ao lado do rapaz, eram tão poucos os lugares onde eu podia me estender, e ela tentava me decifrar, ver através de mim. Entre os diálogos, ela me procurava, a troca de frases entre um homem muito jovem e uma mulher. um primeiro ou último amor, um amor impossível, todas as histórias são assim, curioso, e eu quase sempre estava lá, contornando os desejos e as impossibilidades. Sonhei que havia uma história, algo como um amor impossível, um homem muito jovem, uma mulher, ambos me percebiam, como tantos outros, e eu dava voltas, alegre, pela sala. Me assomava entre os gestos, em meio a escassas palavras. E me exibia com gosto, estranho, isso, que eu me mostrasse assim, nessa forma que me exclui. Essa vontade. Porque no meu caso, qualquer revelação, e imediatamente deixo de ser, pensei nisso, eu costumava pensar, eu pensava muito, até no sonho, parte da minha essência, ou do tempo que me acompanha, ou minha aparência, esses pensamentos sem palavras. Talvez por isso muitos me temessem. E eu dava voltas pela sala, e os unia e os separava.

A PRINCESA:
Sonhei que ele não me reconhecia. Me tomava por outra, tantos fizeram. Uma raiva estranha, que aquilo sempre acontecesse, isso, que eu fosse outra, mas eu não era, os anos se passando e eu sempre outra, passei pelos mais diversos lugares, as cidades mais exóticas, os países mais inesperados, todos achando que qualquer uma poderia ser eu, mas não era, muito menos aquela, se nem bela chegava a ser, velha até, mas eu era bela, muito. Tive raiva. A beleza não é simples, a beleza, é necessário carregá-la consigo desde sempre, inalterável, não um olhar, um olhar do outro, o outro vê o que quer, e não me reconhece. Ela caminhava pela casa, como eu, mas não era eu. Com o passar dos anos, cada vez menos me conhecem, mesmo assim, vestida com o meu melhor vestido, as melhores rendas. Mas são assim

mesmo, os amores impossíveis, toda uma série de provações e lutas e mortes para, enfim, o beijo. Um beijo final. Sonhei que não havia nada depois do beijo final. Só uma interminável busca. E um engano. E alguém que me tomava por outra, e até me queria, talvez, achando que qualquer história poderia ser a minha, mas não era. A minha história era única. Há séculos. Sonhei que alguém me esperava imaginando que eu era outra, imaginando que eu chegaria, depois da espera e da luta, eu chegaria, e finalmente, o beijo, o beijo de outra boca, outros lábios. Sonhei que me beijavam outros lábios, um momento furtivo, as bocas se juntam e em seguida novamente dispersas, distantes, e eu ali, em meio àquela fuga que não era mais a minha. Eu beijava, mas a boca não era minha, e quem esperava e quem fugia, não era eu. Ele então, na janela, me olhava e não me reconhecia, por mais que eu acenasse do outro lado da rua ou passeasse pela casa, eu falava em uma língua e a minha voz saía em outra, eu mal decifrava minhas próprias palavras, e a minha própria voz, que me parecia estranha, eu segurava as suas mãos, cruzava-as ao peito, tentava dizer algo, mas ele não ouvia, ou ouvia outra coisa. E eu o beijava, mas os lábios não eram meus.

O XALE:

Sonhei que tinha belos desenhos e que haviam sido feitos por mãos suaves e delicadas. Elegantes pontos de crochê, fios que mais lembravam seda. Trabalho de muitas horas. Não numa fábrica, mais um entre vários, não, eu era peça única nas mãos de uma senhora idosa. Ela sentada em sua cadeira de balanço, pensava no tempo e nos anos que não voltavam, pensava na vista, cada vez mais fraca, e me acariciava as franjas e o tecido por terminar. Eu seria o seu melhor trabalho. Depois, já não era mais a tal senhora, mas outra mulher, bem mais jovem, ágil, esbelta, porém, não tão nova, apenas esse instante em que as mulheres estão a ponto de perder o frescor, mas, ainda belas, vivem em meio ao espanto seus últimos momentos de juventude. Eu lhe cobria os ombros ainda perfeitos, ombros de bailarina, os gestos harmoniosos e precisos. Como num abraço, eu lhe envolvia e acariciava os ombros, as costas. Ela me apertava junto ao corpo, insegura, enroscava os dedos em minhas franjas, me alisava o tecido, me amarrava junto ao peito, para logo em seguida desfazer o nó. Por algum motivo eu acompanhava essa mulher nesse repentino momento de transformação, e quem sabe, no ápice de sua beleza. Ela caminhava inquieta pela casa. Arrumava pequenos detalhes, uma almofada que lhe pareceu fora do lugar, um quadro um pouco torto, um enfeite sobre a mesa da cozinha. Depois, na sala de jantar, aproximou-se da janela. Apoiado na balaustrada, de costas, um homem muito novo, quase um garoto, ele dizia alguma coisa, mas não me lembro o que era. Sei apenas que ela ficou ali, parada atrás dele, longos minutos em silêncio. Até que em algum momento, um descuido, um barulho inesperado, ou apenas porque ela assim o quisesse, em algum momento, eu lhe escorreguei pelos ombros, lentamente, pelos ombros, pelos braços, pelos quadris.

OS QUADROS:

Sonhamos que éramos outros, já não éramos santos olhando por cima da mesa de jantar. No início, sonhamos que éramos flores, ou folhas ou paisagens. Depois éramos formas, linhas, sombras. Éramos somente cores emolduradas. Não combinávamos com a mobília, não combinávamos com as cortinas ou com a comida. E nem ao menos significávamos alguma coisa. Sonhamos que não tínhamos rosto. Ou apenas um ângulo do rosto, a lente de aumento que nos contemplava. E por mais que tentássemos nos encontrar, nos perdíamos cada vez mais, uma angústia, o corpo que se desfazia. As medidas desproporcionais não combinavam com a casa tão bem cuidada, com a decoração, definitivamente, porque um olho não poderia ser apenas um olho, um olho sozinho a exibir-se sem rosto, sem o seu par, não combinava com a comida, e ninguém olharia para nós sem um certo destempero. Sonhamos que éramos apenas mãos, ou uma cor muito clara, ou uma única cor preenchendo a tela inteira, e ao fixarem a vista, desaparecíamos. Algumas vezes, éramos uma linha intermitente, outras éramos duas, outras, um ponto fixo ou um ponto em movimento, algo que nos surpreendia e intrigava. À mesa de jantar alguém nos observava, fazia algum comentário em voz baixa, mas ninguém ouvia. Nós éramos apenas um olho ou uma boca ou mãos e éramos nós, ou éramos algo que desconhecíamos, mas éramos nós. Alguém à mesa nos olhava intrigado e imaginava que éramos uma explicação, mas era um pensamento ainda incipiente, de quem olha distraído um ou dois quadros enquanto almoça ou janta, e nem pensa realmente nos quadros, mas em outra coisa. Porém, estávamos ali. Sonhamos que havíamos sido criados por mãos descuidadas, mãos torpes ao manejar o pincel, as tintas, mãos impiedosas, nossos rasgos, nossa palidez, desapareciam, e nem sabíamos mais que direção tomar e, às vezes, até duvidávamos. Sonhamos que duvidávamos, nós ali, na parede. Nos confundíamos com nossas linhas, e achávamos que nos faltava profundidade, e nos sentíamos incongruentes e nos olhávamos de esguelha com os nossos olhos inconfessáveis. Sonhamos que poderíamos ser qualquer coisa. E isso nos assustava, sentado à mesa de jantar alguém nos observava e nós podíamos ser qualquer coisa. Nos sentíamos inquietos, pensando que não éramos qualquer coisa, éramos específicos, e isso nos angustiava. Nos angustiava que alguém, talvez um jovem sentado à mesa, um rapaz muito jovem nos olhasse e visse em nós o que bem quisesse. Quando éramos algo claramente definido e não aqueles impossíveis traços e formas e cores em que nos transformáramos, tentávamos argumentar, mas o jovem à mesa não nos ouvia, brincava com a xícara de café, e nos olhava imaginando algo que não éramos. E nos angustiava que aqueles novos traços dessem espaço à dúvida, ou nos transformasse em algo moldável, um gesto, um pensamento. E nós não éramos o que qualquer um quisesse, nós não éramos um olhar, um gesto qualquer, nós não éramos qualquer outra coisa, era o que tentávamos dizer, mas o rapaz era ainda muito jovem.

A loucura, objeto dos meus estudos, era até agora uma ilha perdida no oceano da razão. Começo a suspeitar que é um continente.

"O Alienista" (1882)

O ALIENISTA NO DIVÃ

Moacyr Scliar

1

Em "O Alienista", Machado de Assis introduz-nos à figura do doutor Simão Bacamarte, médico que viveu, diz-nos o autor (e certamente para evitar confusões com médicos contemporâneos) em "tempos remotos". Formado em Coimbra, o doutor Bacamarte, que se considera um expoente da ciência, regressa à sua cidade de origem, Itaguaí, onde resolve dedicar-se à doença mental, tornando-se um alienista, isto é, um médico de alienados, de loucos. Precursores dos modernos psiquiatras, era muito pouco o que os alienistas podiam fazer pelos enfermos. Descreviam as enfermidades, classificavam-nas segundo complexos esquemas, mas, em termos de tratamento, não dispunham de meios eficazes; limitavam-se, pois, a internar os doentes mentais, a isolá-los da sociedade.

O doutor Bacamarte, logo o descobrimos, não é exceção a esta regra. Apoiado pela Câmara Municipal de Itaguaí, faz construir um hospício, a Casa Verde. Com o poder que lhe confere a chamada ciência, e do qual faz irrestrito uso, promove internações a torto e a direito; mesmo pessoas aparentemente equilibradas são por ele rotuladas como doentes e trancafiadas na Casa Verde. Eclode uma revolta popular, que Bacamarte enfrenta sem medo — afinal ele é um grande cientista, um homem superior. O líder dos revoltos, o barbeiro Porfírio, é obrigado a reconhecer a autoridade científica do alienista, que assim tem seu poder ampliado. As internações vão num crescendo e incluem a mulher do próprio Bacamarte. Quando o grosso da população já está na Casa Verde, o alienista bruscamente reformula a sua teoria sobre a loucura: já que a doença mental é tão disseminada, raciocina ele, é preciso mudar os conceitos e considerar loucos aqueles que gozam de equilíbrio mental. Os novos alienados mentais são divididos em grupos: os modestos, os tolerantes, os sinceros. Para neutralizar a "doença" precisam mudar: o modesto, por exemplo, tem de descobrir a vaidade, o honesto deve tornar-se corrupto. O "tratamento" funciona; todos os "pacientes" recebem alta. Mas então o alienista dá-se conta do óbvio: faltou internar alguém, ele próprio. Suas qualidades, a retidão, o amor à ciência, mostram claramente que é "louco". Vai, pois, para o hospício, agora vazio. Conclui Machado: "Fechada a porta da Casa Verde, entregou-se ao estudo e à cura de si mesmo. Dizem os cronistas que ele morreu dali a dezessete meses, no mesmo estado em que entrou, sem ter podido alcançar nada". Será, mesmo, que não alcançou nada? A presente história sugere uma possibilidade alternativa que aqui vai, como homenagem ao extraordinário talento de Joaquim Maria Machado de Assis.

2

Os primeiros dias da nova vida foram muito angustiantes para o doutor Bacamarte. Não em termos de subsistência ou mesmo de conforto; a esposa, mulher dedicada (e que não guardava nenhum ressentimento pelo fato de ter sido mandada ao hospício pelo marido), providenciava boa comida e roupa lavada, de modo que, por esse lado, não tinha preocupações. Também não o incomodava o fato de estar sozinho; de certa forma sempre fora um solitário e o monólogo interior que constantemente mantinha substituía qualquer diálogo — aliás nunca encontrara, em Itaguaí, pessoas à altura de seu nível intelectual. Torturava-o, contudo, uma dúvida crucial: o que fazia dele, exatamente, um "louco"? O que haveria de diferente com seu cérebro, com sua mente, com seus humores? Martirizava-o o fato de não encontrar respostas para tais indagações. Outros temeriam enlouquecer; mas louco, de acordo com seus critérios, ele já era, de modo que este risco estava afastado. Ficava o tormento de uma interrogação tão persistente quanto enigmática.

Com o tempo, contudo, o doutor Simão Bacamarte deu-se conta de que, na realidade, estava diante de um excitante desafio. Não tratava-se apenas de desvendar o enigma da doença mental; era o próprio funcionamento da mente humana que precisava examinar. A solução do problema, pressentia-o, ele a encontraria ali, na própria Casa Verde. Só que o tempo, implacavelmente, passava. Dezessete meses haviam decorrido desde sua auto-internação; homem de certa idade, sabia que não tinha todo o tempo do mundo, mesmo porque não se sentia fisicamente bem. De vez em quando sentia fortes dores no peito; como médico, sabia que aquilo era um sinal ominoso. Não temia a morte; aliás, não temia nada; mas queria, antes de morrer, encontrar respostas para as questões que a implacável esfinge da ciência lhe colocara. Por causa disso passava os dias meditando, na sala que, como diretor da Casa Verde, ocupara no passado e que agora estava vazia — aliás, ele mandara retirar todos os móveis e objetos do hospício. Mantivera apenas um velho divã, de tecido já puído; ali dormia e ali, deitado e com os olhos fixos no teto, passava os dias meditando. Um processo de auto-investigação que só interrompia para comer ou para fazer as necessidades.

Um dia, fatigado pela busca inútil, adormeceu; um sono pesado, durante o qual teve um sonho extraordinário.

Sonhou com o pai, falecido há muito tempo. Ali estava, diante dele, aquele homem alto, robusto, com seu ar aristocrático, mirando o filho com arrogância, sem nada dizer. De repente, começou a encolher: diminuía de tamanho rapidamente e em poucos segundos sua estatura reduziu-se a alguns centímetros. Bacamarte então viu que no chão, diante dele, estava uma espécie de miniatura da Casa Verde, feita de madeira. Dentro desta minúscula casinha ele colocou o pai que docilmente se deixou introduzir ali.

O doutor Bacamarte despertou sobressaltado, com a sensação de ter feito uma descoberta extraordinária. Para começar, era insólito o fato de haver sonhado com o pai. Nunca pensava nele, e por boas razões. Odiava-o desde a infância. Rico proprietário de terras, Diogo Bacamarte havia sido um homem arrogante e prepotente, que gostava de humilhar e maltratar escravos e empregados. Com semelhante desprezo tratava o único filho, Simão, um menino magrinho, de grandes olhos melancólicos, sonhador: debochava dele, chamava-o de mulherzinha, censurava sua timidez, sua falta de energia. A mãe, mulher meiga, doce, fazia o possível para proteger o único filho; mas, ao fim e ao cabo, tinha de se curvar à vontade do marido.

O pai queria que Simão, no futuro, tomasse conta das propriedades da família, dando assim continuidade àquilo que se constituía em uma verdadeira dinastia agrária. Mas o rapaz, pela primeira vez na vida, ousou discordar dele: tinha outros planos, pretendia estudar medicina. Por que medicina? — perguntou o pai, entre assombrado e ultrajado.

Uma indagação para a qual o próprio Bacamarte não tinha uma resposta precisa. Seu fascínio pela profissão médica vinha desde a infância. Menino de saúde frágil, sujeito a febres, a catarros, a diarréias, Simão tinha muito medo de doenças. Via seu corpo como a caixa de Pandora da lenda grega, aquela que continha em seu interior todas as pestes e calamidades do universo. Por outro lado, e pela mesma razão, via os médicos como pessoas dotadas de um poder especial. Exemplo disso era o doutor Jerônimo, que atendia sua família. Todos em Itaguaí sabiam que esse homem descendia de cristãos-novos, um dos quais havia sido inclusive prisioneiro da Inquisição. Tal era, porém, a confiança e o respeito inspirados por sua figura que ninguém, nem mesmo o irascível e intolerante Diogo, mencionava esse detalhe. Ao bondoso e compreensivo doutor Jerônimo, Simão contou seus planos; como esperava, obteve dele discreto, mas firme, apoio. Igual apoio, ainda que tímido, poderia esperar da mãe. Mas decisiva mesmo foi a intervenção do padre Isidoro, confessor e guia espiritual da família. "Deixe que o rapaz siga seu caminho", recomendou o sacerdote a Diogo, que, a contragosto embora, acabou cedendo. E assim, aos dezessete anos, Simão embarcou para Portugal, onde se matriculou na Escola de Medicina de Coimbra.

Longe de Itaguaí, onde nascera, Simão mudou muito. Perdeu a timidez, transformou-se, como o pai, num homem arrogante, cônscio de sua importância. Medicina, para ele, não era apenas uma profissão, uma forma de ajudar o próximo, o que, pelo menos assim ele achara, havia sido seu objetivo ao entrar na escola médica. Não, medicina era poder. E que poder! "Abaixo de Deus, só nós", dizia um de seus professores na escola médica, uma afirmativa que tinha, para Simão Bacamarte, uma lógica implacável.

Formado, Simão ficou ainda cerca de dez anos em Portugal. Em primeiro lugar, não lhe faltavam prestígio nem clientela; como dizia aos colegas, meio brincando meio falando sério, ele era "o maior dos médicos do Brasil, de Portugal e das Espanhas". Mais importante, porém, não tinha qualquer vontade de rever o pai. Estava certo que, diante de Diogo, voltaria a ser o menino medroso e doentio de sempre. Nem mesmo a enorme saudade que sentia da mãe o motivava a regressar; procurava compensar a separação com cartas, e isso era tudo. Mas então o pai morreu e logo depois a mãe. Amargurado, Simão, que tinha então trinta e quatro anos, decidiu regressar ao Brasil. Sua reputação era tanta que o próprio rei de Portugal pediu que ficasse; poderia permanecer em Coimbra, como reitor da universidade, ou mesmo em Lisboa, ocupando-se de negócios da corte. Bacamarte declinou de ambos os convites. Tudo o que queria, disse à Sua Majestade, era dedicar-se à ciência, mas em Itaguaí, onde nascera e se criara.

3

E à ciência se dedicou, à ciência médica. De início, como médico geral; depois, como alienista, o que se revelara uma escolha no mínimo problemática. O certo é que se perdera nos labirintos da mente e por isso estava ali, encerrado, por iniciativa própria, na Casa Verde. Pensando no estranho sonho que tivera, e que, disso estava seguro, representava uma secreta mensagem. Homem de ciência, Bacamarte desprezava videntes e adivinhos; para ele era tolice ver nos sonhos uma forma de prever o futuro, como fizera o José bíblico. Mas, e se sonhos fossem capazes de revelar coisas do passado da pessoa? E se estes sonhos representassem uma espécie de mensagem codificada da própria mente?

Pensava nisso, quando, no dia seguinte, teve nova surpresa. Perambulando pela Casa Verde, encontrou, no fim de um escuro corredor, uma espécie de alçapão — que nunca tinha visto antes, ou que não lhe chamara a atenção, o que não deixava de ser intrigante: afinal, ele próprio supervisionara a construção do prédio. O que haveria sob aquele alçapão? Decidiu investigar. O que não foi fácil: a tampa estava trancada com um cadeado que ele teve de quebrar, com o auxílio de uma grande pedra. Com esforço, ergueu a tampa e avistou uma escadinha de degraus estreitos e empoeirados; por ali desceu e chegou a um recinto amplo, cavernoso. O que ali viu, à luz vacilante do lampião que carregava, fê-lo estremecer.

Esqueletos. Esqueletos de diferentes tamanhos, alguns com enferrujadas correntes presas ao pescoço. De escravos, certamente; vários haviam trabalhado na Casa Verde, fazendo a limpeza, cozinhando, e até cuidando dos doentes. Pelo jeito, alguém havia decidido fazer daquele lugar o cemitério dos infelizes, sem avisar o diretor. Bacamarte sentiu-se mal, vomitou abundantemente. E depois, precipitadamente, deixou o porão.

Mais tarde, naquele mesmo dia, começou a pensar sobre aquelas duas coisas que o tinham impressionado: o sonho com o pai e o porão. Sabia que havia um nexo aí, mas qual seria esse nexo? Deitado no divã, fitava o teto, em busca de uma resposta.

Que de repente lhe ocorreu.

De repente via a mente humana como uma casa. Uma casa com dois pavimentos. No pavimento principal, a sala de estar, a sala de jantar, a cozinha, os dormitórios: o cenário do cotidiano, onde as pessoas viveriam normalmente o seu cotidiano. Mas, abaixo desse pavimento, o porão, com seus lúgubres esqueletos. No caso da mente, o pavimento principal seria a consciência: os pensamentos, as reflexões, o raciocínio, o conhecimento (científico, inclusive). No porão, as coisas imaginárias, as fantasias. No porão de sua mente originara-se o sonho que ele tivera. E este sonho, como os esqueletos do porão, contavam uma história — críptica, enigmática. Decifrando-a, ele entenderia a si próprio, descobriria sua verdade, e também verdades universais, aplicáveis a todos os seres humanos.

Tão empolgado ficou com essa idéia que levantou-se e começou a andar de um lado para outro. Sim, agora compreendia tudo, tudo aquilo que durante anos fora para ele motivo de perplexidade. O fato é que vinha trilhando um caminho errado: sempre partira do princípio segundo o qual doença era uma entidade bem definida; no caso da doença mental, sua preocupação, como a de outros alienistas, havia sido classificar essas doenças, colocar cada uma delas no seu competente escaninho taxionômico. Agora dava-se conta de que isso, na verdade, era uma atividade pobre, secundária. Importante era compreender como surgia a doença mental. E a doença mental surgia, disso ele agora tinha certeza, do porão da mente, do depósito de antigos esqueletos. Eram estes que, irrompendo alçapão afora, tomava conta da mente, da razão. Enquanto esta conseguia manter-se alerta, vigilante, a doença não prevalecia; mas, a razão cansada (ou mesmo adormecida, durante o sono), os monstros da fantasia apareciam. Agora: como tinha ele feito essa descoberta importante?

O divã. O divã que estava à sua frente. Aquele divã lhe inspirara a fértil reflexão. Por quê? Porque era um divã mágico, semelhante aos tapetes mágicos? Não. Porque lhe permitira deitar e, olhar fito no teto, devanear. Sua mente ficara vagando como ele próprio vagara pela casa; e assim a mente descobrira seus segredos, como ele próprio descobrira o porão. O que ele fizera sozinho poderia fazer com outros: pediria aos doentes que deitassem no divã e que fossem lhe dizendo o que lhes viesse à cabeça. Assim eles chegariam a seus porões, a seus esqueletos, às suas fantasias, aos seus conflitos íntimos. Ele analisaria o que lhe dissessem, como cientistas analisam substâncias desconhecidas. E com isto as pessoas ficariam curadas.

Uma grande emoção invadiu-o então. Por fim chegava à verdade. Por fim sua vida fazia sentido. O que tinha de fazer parecia-lhe bem claro: sairia da Casa Verde, revelaria ao mundo — não só aos cientistas, a todas as pessoas — a sua descoberta.

De repente a dor: a dor no peito, aquela dor que sentira várias vezes, mas que agora era violentíssima, tão forte que o fez cambalear. Desesperado, a ponto de desfalecer, fazia o possível para manter-se em pé: precisava sair dali, precisava ir em busca de ajuda.

Mas não o conseguiria. Da Casa Verde ele não sairia, nem mesmo para salvar a própria vida.

Deixou-se cair no divã. Era o fim, e ele sabia disso. Mas não se importava: agora que tinha descoberto a verdade, podia morrer em paz. Um ronco abafado saiu de seu peito, e ele expirou.

4

Contemporâneo de Machado de Assis, Sigmund Freud certamente não teria acesso a "O Alienista". À época, o escritor brasileiro não era conhecido no exterior, e portanto não existiam traduções de suas obras. Mas então interveio o acaso, na pessoa de meu bisavô. Judeu alemão chegado ao Brasil em 1924, ele era um homem letrado, fã de Machado de Assis e fã de Sigmund Freud. Muito rico, mas também muito neurótico, torturado por suas obsessões, decidiu tratar-se com o pai da psicanálise. Para isto viajou a Viena; conseguiu marcar uma consulta com Freud, que recebeu-o muito bem; e resolveu admiti-lo como paciente.

O tratamento durou um ano e neste período os dois tornaram-se amigos. Conversavam muito, sobre literatura principalmente; numa dessas conversas, meu bisavô falou a Freud sobre Machado de Assis e sobre "O Alienista". Instantaneamente interessado nesta obra, Freud pediu a meu bisavô que a traduzisse para o alemão e leu-a mais de uma vez. Mais tarde, quando meu bisavô já havia regressado ao Brasil, escreveu-lhe uma carta comentando a narrativa, uma carta que eu conservo. Diz o pai da psicanálise: "Pareceu-me particularmente interessante o final da narrativa. Acho que, entregue ao estudo e à cara de si mesmo, o doutor Bacamarte poderia, de alguma forma, ter reproduzido o processo de auto-análise pelo qual eu passei". E conclui, ironicamente: "Ele apenas necessitaria de um divã igual ao meu".

Divã o doutor Bacamarte tinha. E tinha também o porão. A morte interrompeu sua trajetória. Mas a possibilidade fica: será que a psicanálise não foi descoberta na abandonada Casa Verde, em Itaguaí?

Cada criatura humana traz duas almas consigo: uma que olha de dentro para fora, outra que olha de fora para dentro…

"O Espelho" (1882)

O ESPELHO

Esboço de uma nova teoria da alma humana

Felipe Hirsch

TRAGÉDIA EM ATO ÚNICO

Personagem:
Alferes (entre 40 e 45 anos)

[Abre-se o pano: um foco no homem vestido com uma farda. Calado. Pensando. Logo atrás desse homem, um espelho, imponente e decadente.]

Não discuto. A discussão é a forma polida do instinto batalhador que jaz no homem. Uma herança bestial. Os serafins e os querubins não discutem nada. São a perfeição espiritual e eterna.

Permitam-me usar das palavras, não dois ou três minutos, mas trinta ou quarenta.

Vocês, investigadores de coisas metafísicas, debatem, daqui de baixo, questões de alta transcendência. Tentando resolver os mais árduos problemas do universo e falhando nas menores questões. Cada cabeça, cada sentença, a mesma discussão impossível, pela multiplicidade de questões que se deduzem do tronco principal.

Não acho nada. Não dou opiniões. Uma ou outra coisa pode dar lugar às discussões e, como já sabem, eu não discuto. Mas se vieram ouvir-me calados, posso contar-lhes um caso de minha vida, em que ressalta a mais clara demonstração acerca da matéria de que se trata: a alma humana.

Em primeiro lugar, não há uma só alma, há duas. Nada menos que duas almas. Cada criatura humana traz duas almas consigo: uma que olha de dentro para fora, outra que olha de fora para dentro.

Espantem-se à vontade, podem ficar de boca aberta, dar de ombros, tudo, só não admito réplica. Se me replicarem, acabo por aqui e vou dormir.

A alma exterior pode ser um objeto, uma mulher, um homem, uma máquina. Há casos, por exemplo, em que um simples botão de camisa é a alma exterior da pessoa. E assim também uma música, um livro, uma pintura, um par de botas. Essa alma também corresponde às paixões. O desejo deixa essa alma mais pesada.

O ofício dessa segunda alma é transmitir a vida, como a primeira; as duas completam o homem. Quem perde uma das metades, perde metade da existência; e há casos, não raros, em que a perda da alma exterior implica a da existência inteira.

Shylock, por exemplo. A alma exterior daquele judeu era o seu dinheiro; perdê-lo equivalia a morrer. "Nunca mais verei o meu ouro. É um punhal que me enterras no coração."

Naturalmente, você deve estar pensando qual é a sua alma exterior.

Agora, é preciso saber que a alma exterior não é sempre a mesma. Muda de natureza e de estado. Não aludo a certas almas eternas, como a pátria, com a qual disse Camões que morreria, e o poder, que foi a alma exterior de César e tantos outros. Mas há outras, de natureza mudável. Há senhores, por exemplo, cuja alma exterior, nos primeiros anos, foi um chocalho, um cavalinho de pau, um travesseiro vermelho. Conheço uma senhora, muito educada, que muda de alma exterior cinco, seis vezes por ano. Durante a temporada lírica é a ópera, cessando a temporada, a alma exterior substitui-se por outra: uma festa, uma viagem. Eu mesmo tenho experimentado dessas trocas. Não as relato, porque iria longe; restrinjo-me ao episódio de que lhes falei.

Recolho as memórias: tinha vinte e cinco anos, era pobre, e acabava de ser nomeado alferes da Guarda Nacional. Não imaginam o acontecimento que isso foi em minha casa. Minha família, tios, padrinhos, foi tudo uma alegria sincera e pura. Na vila, houve alguns despeitados, inveja e ranger de dentes, e o motivo não foi outro senão que o posto tinha muitos candidatos e que estes perderam. Lembro-me de alguns amigos, que passaram a olhar-me de revés, durante algum tempo.

Mas minha mãe ficou tão orgulhosa! Tão contente! Chamava-me o seu alferes. E abraçava-me! Chegou a confessar que tinha inveja da moça que houvesse de ser minha mulher. E sempre alferes; era alferes para cá, alferes para lá, alferes a toda a hora. Eu pedia-lhe que me chamasse Joãozinho, como dantes; e ela abanava a cabeça, bradando que não, que era o "senhor alferes". E pedia que eu vestisse a farda.

Era o "senhor alferes", não por gracejo, mas a sério, e à vista da escrava, que naturalmente fora pelo mesmo caminho. Na mesa tinha o melhor lugar, e era o primeiro servido.

Se lhes disser que o entusiasmo de minha mãe chegou ao ponto de mandar pôr no meu quarto um grande espelho, obra rica e magnífica, que destoava do resto da casa, cuja mobília era modesta e simples. Era um espelho que lhe dera a madrinha, e que esta herdara da mãe, que o comprara a uma das fidalgas vindas em 1808 com a corte de D. João VI. Não sei o que havia nisso de verdade; era a tradição. O espelho estava naturalmente muito velho, o ouro comido em parte pelo tempo, uns delfins esculpidos nos ângulos superiores da moldura, e outros caprichos do artista. O espelho estava na sala; era a melhor peça da casa. Mas não houve forças que a demovessem do propósito; respondia que não fazia falta, que o "senhor alferes" merecia muito mais.

O certo é que todas essas coisas, carinhos, atenções, favores, fizeram em mim uma transformação: o alferes eliminou o homem. Durante alguns dias as duas naturezas equilibraram-se; mas não tardou que a primeira cedesse à outra. Aconteceu então que a alma exterior, que era dantes o sol, os olhos das moças, mudou de natureza, e passou a ser a cortesia e os rapapés da casa, tudo que me falava do posto, nada do que me falava do homem. A única parte que ficou comigo foi aquela que entendia com a vaidade da patente; a outra dispersou-se no ar e no passado.

Enquanto a consciência do homem se apagava, a do alferes tornava-se viva e intensa. No fim de três semanas, era outro, totalmente outro. Era exclusivamente alferes.

Vocês acreditam?

Os fatos explicarão melhor os sentimentos. Os fatos são tudo. A melhor definição do amor não vale um beijo da namorada; e, se bem me lembro, um filósofo antigo demonstrou o movimento andando. Vamos aos fatos.

Um dia recebeu a minha mãe uma notícia grave; não me alongarei, restrinjo-me, como sempre, ao meu caso. Adeus, meu filho! Adeus, alferes! Armou logo a viagem, pediu a mim que tomasse conta da casa. Fiquei só. Confesso-lhes que desde logo senti alguma coisa semelhante ao efeito de quatro paredes de um cárcere, subitamente levantadas em torno de mim. Era a alma exterior que se reduzia; estava agora limitada à minha solidão.

O alferes continuava a dominar em mim, mas a vida era menos intensa. A escrava punha uma nota de humildade na sua cortesia, que de certa maneira compensava a afeição dos parentes. Ela se redobrava de respeito, senhor alferes de minuto a minuto, senhor alferes é muito bonito, senhor alferes há de ser coronel, senhor alferes há de casar com moça bonita; um concerto de louvores e profecias, que me enganavam. Mal podia eu suspeitar a intenção secreta da malvada.

Na manhã seguinte achei-me só. A escrava, seduzida por outra vida, tomada por uma súbita mudança de sua alma exterior, tinha resolvido fugir durante a noite. Sem mais ninguém, entre as quatro paredes da minha infância, que não diziam nada à minha alma de alferes, diante do terreno deserto e abandonado, corri a casa toda, tudo, nada, ninguém, uma criança que fosse. Mesmo um cão.

Parece-lhes que isto era melhor do que ter morrido? Era pior. Não por medo; juro-lhes que não tinha medo. Fiquei triste, tomando conta da casa, para não desamparar o que fui ali, e não era mais, o que vivi naquele lugar, e agora era esquecido, apagado.

Esperei que voltassem naquele dia ou no outro. Mas a manhã passou sem vestígios; e à tarde comecei a sentir uma sensação como de pessoa que houvesse perdido toda a ação nervosa, e não tivesse consciência da ação muscular. Ninguém voltou nesse dia, nem no outro, nem em toda aquela semana. Minha solidão tomou proporções enormes. Nunca os dias foram mais compridos, nunca o sol abrasou a terra com uma obstinação mais cansativa. As horas batiam de século a século, no velho relógio da sala, cujo tique-taque, feria-me a alma interior, como um toque contínuo da eternidade.

E então de noite! Não que a noite fosse mais silenciosa. O silêncio era o mesmo que de dia. Mas a noite era a sombra, era a solidão ainda mais estreita ou mais larga. Ninguém na sala, no corredor, na varanda especulava, ninguém em parte nenhuma da minha vida.

Vocês riem?

Tinha uma sensação inexplicável. Era como um defunto andando. Um sonâmbulo. Dormir dava-me alívio, não pela razão comum de ser irmão da morte, mas porque, eliminando a necessidade de uma alma exterior, deixava atuar a alma interior. Nos sonhos, fardado, orgulhosamente, no meio da família e dos amigos, que me elogiavam o garbo, que me chamavam alferes; vinha um amigo de nossa casa, e prometia-me o posto de tenente, outro o de capitão; e tudo isso fazia-me viver. Mas quando acordava, esvaía-se com o sono, a consciência do meu ser novo e único, porque a alma interior perdia a ação exclusiva, e ficava dependente da outra, que teimava em não voltar.

Não voltava.

Eu saía fora, a um lado e outro, para ver se descobria algum sinal de regresso. *Soeur Anne, ne vois-tu rien venir?* Nada, coisa nenhuma; tal qual na lenda do Barba-Azul. Voltava para casa, desesperado. Deitava, levantava-me, andava, tamborilava no vidro da janela, assobiava. Em certa ocasião, lembrei-me de escrever alguma coisa sobre isso; sentei-me e tracei no papel algumas palavras e frases soltas. Coisa nenhuma. Quando muito via negrejar a tinta e alvejar o papel.

Comia mal, frutas, farinha, conservas, recitava versos, trechos latinos, um romance em nove volumes de Laurence Sterne. Às vezes fazia ginástica; outras dava beliscões nas pernas; mas o efeito era só uma sensação física de dor ou de cansaço, e mais nada. Tudo silêncio, um silêncio vasto e profundo, enorme, infinito.

Vão ouvir coisa pior. Convém dizer-lhes que, desde que ficara só, não olhara uma só vez para o espelho. Não tinha motivo; era um impulso inconsciente, um receio de achar-me um e dois, ao mesmo tempo, naquela casa solitária; e se tal explicação é verdadeira, nada prova melhor a contradição humana, porque no fim daquele dia deu-me na veneta olhar para o espelho com o fim justamente de achar-me dois.

Olhei.

O próprio vidro parecia conjurado com o resto do universo; não me estampou a figura nítida e inteira, mas vaga, esfumada, difusa, sombra de sombra. A realidade das leis físicas não permite negar que o espelho reproduziu-me textualmente, com os mesmos contornos e feições; assim devia ter sido. Mas tal não foi a minha sensação. Qual era a minha verdade? Então tive medo; atribuí o fenômeno à excitação nervosa em que andava; receei ficar mais tempo, e enlouquecer. Vou-me embora, disse comigo. E levantei o braço, olhando para o vidro; o gesto lá estava, mas disperso, desgastado, mutilado.

Saí, voltei, refleti, murmurando comigo, tossindo sem tosse, a alma deveria participar da imagem; de quando em quando, olhava furtivamente para o espelho; a imagem era a mesma difusão de linhas, a mesma decomposição de formas... Subitamente por uma inspiração inexplicável, por um impulso sem cálculo, lembrou-me...

Se forem capazes de adivinhar qual foi a minha idéia...

Estava a olhar para o espelho, com uma persistência de desesperado, contemplando as próprias feições derramadas e inacabadas, uma nuvem de pontos soltos, informes, quando tive o pensamento...

Não são capazes de adivinhar?

Lembrou-me vestir a farda de alferes. Vesti-a, aprontei-me de todo; e, como estava defronte do espelho, levantei os olhos e... o vidro reproduziu então a figura integral; nenhuma linha de menos, nenhum contorno diverso; era eu mesmo, o alferes, que achava, enfim, a alma exterior. Essa alma ausente com a partida de minha mãe, fugida com a escrava, ei-la recolhida no espelho.

Imaginai um homem que, pouco a pouco, emerge de um letargo, abre os olhos sem ver, depois começa a ver, distingue os objetos, aqui está uma cadeira, ali um sofá. Tudo volta ao que era antes. Assim foi comigo. Olhava para o espelho, ia de um lado para outro, recuava, aproximava, gesticulava, sorria, e o espelho exprimia tudo. Não era mais um autômato, um ser mecânico. Daí em diante, fui outro. Cada dia, a uma certa hora, visto-me de alferes, e sento-me diante do espelho, lendo o que escrevi, o que tenho escrito, olhando, meditando; no fim de trinta, quarenta minutos, dispo-me outra vez. Com este regime posso atravessar mais dias de solidão, sem os sentir...

[Cortina]

Hamlet observa a Horácio que há mais coisas no céu e na terra do que sonha a nossa filosofia. Era a mesma explicação que dava a bela Rita ao moço Camilo, numa sexta-feira de novembro de 1869, quando este ria dela, por ter ido na véspera consultar uma cartomante; a diferença é que o fazia por outras palavras.

— Ria, ria. Os homens são assim; não acreditam em nada.

"A Cartomante" (1884)

VIDENTE DO AMOR

Bruno Zeni

Qual é o nosso papel nisso tudo?, indaga Estragon a Vladimir, a certa altura, inicial, de seu diálogo. Estamos amarrados?, pergunta, ele próprio, ao seu companheiro de espera. Era também o que dizia a bela Michelle ao jovem Luciano, em uma tarde em que se demoraram um pouco mais que de hábito no encontro semanal e secreto em notório — ainda que de discreto acesso — estabelecimento destinado a encontros privados. Era o que lhe dizia Michelle, no interior da casa localizada na Marginal do rio Pinheiros, em uma tarde de dezembro de 2007. Era o que ela lhe dizia, não com essas mesmas palavras, lacunares e enviesadas, mas com outras, eloqüentes e enfáticas, compartilhando talvez com o texto do autor irlandês a perspectiva da instabilidade. Era Beckett traduzido em vulgar, atualizado e deslocado para aquele espaço dado aos prazeres mais instintivos, era Beckett pronunciado no ar sujo e denso do interior da alcova, mas também do exterior, ali à beira do rio, na várzea paulistana profunda. Era uma inquietação metafísica que, em verdade, encobria uma insegurança afetiva. Era uma tarde que Michelle escolhera "enforcar", como se dizia, deixando de voltar ao trabalho após almoçar no quilo a que ia com as colegas de firma, refeição frugal consumida no dia-a-dia a fim de balancear a alimentação e, assim, evitar reaver as calorias que insistia em despender com o amigo Luciano, este mesmo que agora ri de maneira profusa e solta ao lado dela.

— Ria, pode rir. Mas foi o que fiquei pensando esta semana. E a vidente — contou Michelle — adivinhou o motivo da consulta.

— Deixa ver se eu entendi. Você estava às voltas com questões existenciais e decidiu consultar uma sortista? E você lá acredita nessas coisas?

— Pode ser que ela não tenha suas verdades interiores nem grande profundeza de alma, mas adivinhou por que eu estava ali. "Você está angustiada, filha." E falou que eu não me preocupasse. Adivinhou também que eu estava inquieta por sua causa. E eu nem precisei tocar no assunto. Ela se antecipou e disse que você não me deixaria.

— Como é mesmo o nome da profissional que você consultou? — e Luciano frisou *profissional*.

— Vidente — disse ela, estendendo-lhe o folheto que recebera na calçada, perto do estabelecimento.

— "Vidente do Amor — Pagamento Pós-Resultado" — leu Luciano no papel, que trazia também o telefone celular da profissional. E ergueu de novo os olhos, incrédulos, para a consorte.

— O que ela me disse mexeu comigo, me fez bem. Posso não ter a confirmação dos astros, mas me sinto mais segura de mim.

Foi com essa declaração entusiasmada e resoluta de crença no poder da auto-estima que a moça, ainda em perolados trajes menores e olhando em torno, atentando para a decoração do recinto, trocou subitamente de filosofia. Foi de Beckett aos mais rasteiros guias de auto-ajuda — aconselhamentos sentimentais e amorosos incluídos — em questão de segundos. Ou em questão de olhares e novas trocas de carinhos.

— Disse que você me amava muito, que não ficasse inquieta por sua causa.

— Errado! — fez pouco Luciano.

— Homens! Todos iguais — bufou Michelle.

Beckett e auto-ajuda, irmanados. O primeiro, vinha das aulas noturnas que, meses antes, Michelle freqüentara durante algumas semanas em uma conceituada casa de cursos livres no Itaim. Michelle sorvia Beckett entre generosos goles de vinho tinto argentino. Depois ia, apaziguada, para casa encontrar o marido atribulado com seus cálculos e estimativas. A segunda, provinha talvez da TV, das revistas femininas, de sua mais recente leitura de cabeceira, o espetacular *Por Que os Homens Fazem Sexo e as Mulheres Fazem Amor.*

— Estou tranqüila, mais tranqüila agora, e talvez isso faça com que você não pense em me deixar.

— Errou de novo! — disse Luciano divertindo-se com a aventura burlesca e a insegurança encenada pela amiga. — Ela não lhe prometeu uma vida de estrela? Nenhuma Mercedes, pilotada por um príncipe alourado, atravessou seu caminho? — perguntou ele, sarcástico, aludindo a certo *case* literário que lhe ocorreu.

— Ria, ria, vocês homens são assim.

De súbito, porém, o semblante de Luciano e a pilhéria com que tratava o assunto enevoaram-se, e o rapaz ficou sério. Uma dor no pescoço lhe desceu pela espádua direita, enrijecendo a musculatura dos ombros.

— Onde fica a casa dessa tal vidente?

— Perto do meu apartamento, numa travessa entre o laboratório médico onde faço meus exames e um bar de esquina.

— E se o Donato descobre que você anda por aí a consultar profissionais da charlatanice?

— Cuidei que não havia ninguém na rua.

— E se ele estiver te vigiando de outras maneiras? Instalou escutas no apartamento. Contratou um detetive particular. Alguém te seguindo. Por satélite. Os porteiros dos outros prédios. Certeza que ninguém viu você?

— Donato não desconfia de nada. Me ama e sabe que eu o amo — disse ela, sem voltar a mencionar a vidente. Mas o fato é que tinha sido ela, a profissional da futurologia, quem lhe havia garantido que o marido nada sabia.

Donato, Michelle e Luciano, três beldades, desejos desencontrados e uma cidade desmedida, de parco sentido.

Aos fatos. Luciano e Donato eram amigos de adolescência. Haviam estudado juntos em um colégio esclarecido de Pinheiros, onde a nata da intelectualidade paulistana colocava os filhos para desenvolver suas potencialidades, sem preocupação direta com o vestibular, mas sem descuidar do bom desempenho no boletim, obviamente. O investimento era diversificado: as matérias regulares, sim, mas também filosofia, artes, literatura daqui e de acolá, línguas, esporte, claro, e até culinária, mas também discussões sobre mídia e cidadania, visitas a comunidades carentes e a áreas ambientalmente degradadas ou vulneráveis. Enfim, um grande *showroom* do mundo contemporâneo, das obras do espírito e dos desastres da civilização. Ali se conheceram os dois amigos e ali fizeram planos informais e displicentes, quase involuntários, de vitória, atuação e bonança.

Luciano tinha vocação artística. Filho de um jornalista e de uma professora, cedo descobriu-se fadado às atividades do intelecto. Por algum detalhe do destino, porém, nunca soubera ao certo a que exatamente gostaria de se dedicar. Talvez lhe faltasse afinco ou sobrasse gênio. O certo é que vivia ocupado com planos vários: fotografava por diletantismo, escrevia roteiros, tocava violão, fazia experiências com novas tipologias e outros recursos de *design*, interessava-se por arquitetura, animação e cultura oriental. Como nada, isoladamente, parecia atender às possibilidades de seus múltiplos talentos, vivia na flauta, granjeando fama de genial. A simpatia ajudava e o descompromisso absoluto o liberava de tudo, inclusive dos conflitos e da batalha pelo trabalho e pela subsistência. Vivia como um dândi, às custas dos pais, com quem morava. Cuidava da fachada, porém, e todos os amigos — e eram muitos — o tinham na conta de pessoa extraordinária. A indefinição protelava juízos mais severos a seu respeito e garantia o *status* de genialidade colado à sua pessoa.

Donato, por seu turno, não devia em nada ao amigo no que se referia a inteligência ou capacidade intelectual. "*Case* literário", por exemplo, seria uma expressão bastante sua, se ele tivesse notícia do que apenas se passou entre Michelle e Luciano. Interessado em cultura desde adolescente, mas economista de formação, Donato mergulhara no mercado financeiro, onde fizera uma pequena fortuna nos últimos anos, como funcionário de um grande banco, administrando fundos e carteiras de investimento, tanto de outros investidores como também os seus, pessoais — estes aos quais dedicava as maiores atenções. Quando adolescente, fizera teatro e editara um jornal do colégio, com poemas, fotos e outras artes juvenis dos colegas de fortuna escolar. Talvez a febre do dinheiro tenha feito a diferença. E a severidade de caráter e a determinação com que pretendia fazer o primeiro milhão o desviaram da perfumaria da cultura. Ingressou na faculdade de economia e fez o programa de treinamento de uma instituição financeira. Durante os anos loucos da graduação ainda se dava o direito de algumas liberalidades: rodas de violão com fogueira, viagens de doce sintético, baladas regadas a farinha e DJs especializados em samba-rock. No grupo de amigos que sobrevivera depois que cada um trilhou seu caminho no ensino superior, fazendo a alegria familiar ao passar do colégio privado à universidade pública, causou mal-estar quando se recusou, primeiro, a participar de um grupo de estudos sobre candomblé; em seguida, de integrar a equipe de atores de uma fotonovela feita entre colegas; e, mais adiante, quando caiu fora da suruba regada a uísque e ouro branco da ala mais saidinha dos eleitos. Deixou de freqüentar a antiga galera. Sumiu do mapa por um tempo. Voltaram a saber dele já casado, em companhia da moça que conhecemos no começo desta história.

Michelle era moça direita do interior. Donato tinha família no interior. Conheceram-se em um churrasco de amigos comuns das duas famílias. Ela era bonita, talentosa e tinha grandes planos, ainda que fosse um pouco crua para a vida na cidade grande — os amigos urbanos que a conheceram assim que o casamento se realizou e ela foi com Donato para a cidade, morar no Morumbi, logo perceberam que ela era "caretinha" e "de jesus"; mas diziam "certinha" quando se apresentava a ocasião de comentar sua personalidade, para não ofender demais o ex-colega e não causar espécie entre amigos de fora do círculo dos jovens bem-nascidos, promissores e quase-fenômenos. Apaixonaram-se, Donato e Michelle, de maneira fulminante. Ela iria para São Paulo. Ele voltaria para a cidade acompanhado. Michelle faria faculdade de Comunicação. Donato poderia se dedicar, de cabeça, a cumprir o fado do enriquecimento rápido. O economista lembrou-se do amigo Luciano, que, àquela altura da vida, já deveria ter se estabelecido. Localizou o ex-colega em uma comunidade virtual, na rede mundial de computadores. Trocaram recadinhos. A certa altura, Donato ligou para o ex-colega a fim de combinar um reencontro. Queria uma colocação para a esposa.

Foi assim que os antigos companheiros de juvenilidades tornaram às boas. Luciano começou a freqüentar a casa do antigo amigo. Donato, em favor e por necessidade de Michelle, voltou a conviver com a turma de artistas e intelectuais de que se afastara. A vida era outra, ele se fizera por ele próprio, não devia a ninguém, a nenhum deles especialmente, e até recuperara o apreço pelo espírito mais livre e solto que se preservara na facção dos geniozinhos das artes. As festas tinham encaretado um pouco, havia casais com filhos e, por alguma ironia do destino, ele obtivera, à sua própria revelia e sem esforço nenhum, respeitabilidade e um crédito, por assim dizer, daqueles que conheciam o seu passado de aspirante a artista e gênio, como eles. E tinha dinheiro, o que sempre traz amizade. Assim como mulheres.

Luciano e Michelle se deram bem desde o começo. Ele a fascinava, com sua habilidade de transitar por todos os assuntos, com desenvoltura, sagacidade e humor. Ele sentia nela uma presa fácil, ainda que o jeitinho interiorano, que ela agora procurava disfarçar — atenuando o sotaque, vestindo-se com menos cuidado, economizando na maquiagem —, ainda lhe desestimulasse um pouco a libido. Algo passageiro, todavia, já que à medida que o tempo corria, Michelle urbanizava-se, incorporava o charme descuidado das mulheres do grupo de neogênios e aconchegava-se mais e mais nas reflexões íntimas e cotidianas do amigo do marido.

"Havia Donato, mas houvera o tempo dele", pensava Luciano, durante a pré-história deste caso, divertindo-se consigo mesmo.

Michelle e Luciano estreitaram o convívio quando ele indicou a moça para frilar em uma agência de publicidade onde já trabalhava um sujeito do antigo grupo dos gênios da raça, indicado pelo pai de um dos exemplares do grupo de *wannabes*. Ela ficou enormemente grata "pelo contato". E o gesto de incentivo deixava Luciano bem com Donato, o marido extremado. Este, aliás, agora se empenhava em incentivar a vocação criadora da mulher. Comprou-lhe uma filmadora digital — "uma mini-DV linda", como ela disse —, que veio se somar ao *scanner* e à máquina fotográfica também digital, todo um arsenal tecnológico adquirido para ela dar asas ao talento de "*designer* e publicitária de futuro", como observou Donato certa feita.

Luciano passou a convidar o casal para as festas da turma, a qual se alargara e agregara novos integrantes, especialmente do meio artístico e musical, o que fez Michelle sentir-se por dentro, inserida entre o pessoal mais antenado da cidade e, por extensão, do país, pensava ela, menina do interior admirada com o sensacional cosmopolitismo paulistano. "Tem um show sensacional amanhã à noite. Vamos?", dizia Mimi a Dodô. E assim também o cinema, o teatro, a dança, os concertos — tudo sensacional. Apesar da resistência de

Donato, de índole e hábitos mais caseiros, Michelle conseguia agora ir ao cinema — "um cineminha, vai, Dodô' — pelo menos duas vezes por semana. Convidavam Luciano. E os três iam com assiduidade aos bares mais bem freqüentados do bairro boêmio. Quando Donato estava sem paciência para os programas culturais da mulher e do amigo, ficava em casa e insistia para que os dois fossem sozinhos. "Convida o Lu, Mimi, ele sempre tem tempo pra essas coisas", dizia Dodô. Às vezes, Donato ia com os dois, pois precisava se manter minimamente atualizado sobre cultura, mas eventualmente conseguia lhes convencer a desistir do programa em favor de um jantar ou de um chope.

Foi numa noite dessas, em um bar da moda, em estilo Rio-de-Janeiro-anos-50, que os dois, Michelle e Luciano, descobriram que era tarde. Os olhos tentavam dissimular o que os países baixos de cada um e os corações apressados teimavam em denunciar. Enquanto os dois amigos falavam de política, passando desta ao futebol, retornando ao começo pelas últimas medidas econômicas, reuniões de política monetária e movimentação financeira, avançando para a gastronomia e o mercado das artes plásticas, Michelle se mostrava enfadada — era já a impaciência da mulher insatisfeita. Donato contava que decidira começar a investir em arte brasileira. E Luciano se propôs a lhe ajudar a escolher algumas obras de amigos, jovens artistas dos quais freqüentava as *vernissages* e exposições, em geral pouco divulgadas fora do meio. Michelle passou a rabiscar coisas sem importância nos pedaços de papel que delicadamente pinçava do suporte pousado na mesa. Escrevia o que lhe vinha à mente: "SP", "RJ", "coisas antigas", "o tempo passou e vai passando", "corações e mentes", "Michelle", "Michelle", "Michelle", "Luciano". Tomou um susto quando viu se desenhar o nome do amigo do marido, agora mais que amigo também dela própria. Os dois olhavam para ela. Riscou tudo, ou quase tudo, que escrevera. Enfiou o papel no bolso e foi ao banheiro, nervosa. Não sabia dizer se haviam percebido, se um dos dois havia lido o que ela registrara naquele confessionário descartável. O guardanapo na mesa foi o muro dos apaixonados.

Talvez tenha sido ali que de amigos passaram a amantes, antes mesmo de sê-lo. Ao voltar do toalete, Michelle estava recuperada do tédio e da angústia de ter os dois ao seu lado. Talvez a formulação do desejo segredado tivesse contribuído para arrefecer sua tensão. Talvez a visita ao banheiro, que tanto agrada aos seres femininos, de todas as classes e idades, a houvesse aliviado, à revelia do que se passara na mesa. O certo é que ela voltara resoluta e mais serena, a tempo de surpreender os dois mancebos em conversa suspeita. Donato e Luciano debatiam algum autor do século XIX, comentando um texto obscuro, de autoria duvidosa, cuja temática parecia encomendada para a ocasião. As mulheres preferem os tolos, dizia Donato a Luciano.

— A verdade é esta, meu caro. Não é novidade e não depende de verificação ou estatística. As evidências se impõem.

Luciano ria, ecoando o impacto da blague. O olhar de Donato, porém, traía a severidade de seu caráter. Não conseguia esconder de todo a amargura, talvez relacionada a algum evento passado. Michelle pensou, por segundos, que o marido tivesse reparado no que escrevera, mas o prosseguimento da conversa desanuviou qualquer suspeita. Luciano concordava, sem que acrescentasse elementos a favor ou contra a teoria, mas assentia com gosto. Michelle fez que não era com ela, e pode muito bem ser que não fosse mesmo. Ainda.

Começava ali o que, em seqüência e estágio avançado, observamos no começo desta anedota, caro leitor. Dias depois, certa feita em que Donato se sentia indisposto e precisava fechar um relatório para o dia seguinte, Luciano e Michelle foram ao cinema juntos e apenas os dois. Tiveram certa dificuldade de selecionar o filme, já que andavam bastante atualizados com a agenda cinematográfica da cidade. Terminaram por escolher um cinema de rua, que naquela noite de semana, revelou-se palco tranqüilo para a indiscrição que estavam por cometer. Não sei dizer se viram o filme, tampouco se chegaram à sala de cinema. O certo é que quando Michelle voltou a casa, Donato ainda mirava a tela de cristal líquido de seu computador portátil, ao lado do telefone celular, que recebia as cotações das bolsas asiáticas. Ela beijou-lhe o rosto ele lhe perguntou sobre o filme, ela mentiu que gostara especialmente da fotografia, ainda que o roteiro fosse frouxo. Seguiu para o quarto, ligou a banheira e entrou no chuveiro para livrar-se do excesso do crime.

Nos meses que se seguiram, Michelle e Luciano foram muitas vezes ao cinema. Donato vivia um momento especialmente favorável no banco, mas de muito trabalho. A economia bombava e ele surfava nos bons resultados do comércio e da especulação em nível global. Michelle aproveitava do bom momento econômico à sua maneira: o marido continuava a abastecê-la de equipamento para suas criações caseiras — filmes, fotos e manipulações de imagem. Luciano circulava por festas de jovens empresários, lançamentos de livro de jovens autores, *vernissages* de jovens artistas e *jam sessions* de jovens músicos — um dândi na cidade grande demais. Michelle mantinha-se atenta a estratégias de sobrevivência, ao cultivo de boas amizades e relações.

Com a rotinização das sessões de cinema a dois, Luciano deixou, porém, de ir tanto à casa do amigo, alegando compromissos profissionais. Dera para trabalhar com produção musical, em esquema *free-lancer*, para um selo digital que amigos haviam criado. Gravavam faixa a faixa e disponibilizavam as músicas na rede. Ganhava pouco, mas era convidado a muitos shows e festas de jovens talentos. Planejava vender conteúdo para celulares e peças de publicidade. Os negócios no mundo da cultura o mantinham próximo de Michelle.

Donato, por sua vez, nunca mais falara em comprar arte. Vivia de olho nas cotações e nos mercados de *commodities*. Afastara-se novamente do grupo dos artistas, encerrado na própria severidade. Michelle tentava quebrar o gelo, mas o marido resistia às investidas lascivas, ainda que pouco freqüentes, da esposa, com a desculpa do estresse e da roda-viva do bingo financeiro. O cotidiano do casamento esfriara o calor do leito e escasseara as incursões da carne. Havia dia certo para o intercurso e, por conforto, ambos aceitaram a agenda.

Luciano também andava ocupado, agora que os encontros vespertinos e noturnos com Michelle haviam se acercado de certa previsibilidade. Ela percebeu o distanciamento, e tratou de tomar providências. O marido conferia os gastos do cartão e não perguntou nada, nem demonstrou espanto ou suspeita, quando na sexta à noite, quando costumavam cumprir com as obrigações matrimoniais, Michelle deixou aparecer, furtiva, por debaixo da camisola diáfana de cetim, uma nova combinação, de renda vermelha e preta, cravejada de pérolas. Na semana seguinte, outro jogo, outra cor, nova estampa, mesmo material. O extrato do cartão crescia na formalidade — e à margem dos recibos bancários, em gastos com cinema, por exemplo, o luxo não era tanto. Os talões de cheque, Donato deixou de conferir, pois traziam, invariavelmente a rubrica "feira" ou, no máximo "costureira". Luciano bebia na mesma fonte, era vítima do mesmo procedimento, Michelle vestida com o mesmo esmero. Animava-se, aliás, com a idéia perversa de procurar na amante o buquê e o retrogosto tatuados nela pelo marido.

A calmaria e a relativa confiança não tardaram a cobrar seu preço. Certo dia, Luciano recebeu uma carta anônima em seu endereço postal. A letra era de fôrma e parecia pretender disfarçar a identidade do autor — ainda que nos tempos em que se passa esta história, como se sabe, ninguém conheça manuscritos de ninguém. O conteúdo da traiçoeira missiva, de qualquer forma, era explosivo. Alertava Luciano de que a relação com Michelle era de conhecimento de todos. Cedo ou tarde, os jovens artistas dariam notícia do abuso, em suas obras ou à boca pequena.

Os amantes alarmaram-se e, no cinema seguinte, confabularam. Cogitaram que Luciano voltasse a freqüentar mais a casa do amigo — ou ex-amigo. O produtor musical de bandas digitais foi contra. Dodô poderia desconfiar desse retorno súbito, inesperado e injustificável. E talvez já tivesse sido informado do ocorrido. Decidiram transferir os encontros cinematográficos, mantidos em uma espelunca de alta rotatividade, no coração do bairro de Pinheiros, para o motel da Marginal.

E aqui, leitor persistente, expectador fiel, voltamos ao palco inicial de nosso arrastado relato. Fora Michelle quem sugerira o motel próximo ao trabalho, aquele mesmo em que fomos presenciar sua discussão com o amante a respeito dos astros e dos sortilégios da fortuna, alguns meses depois da carta ameaçadora, quando, passado o perigo do desvendamento, que parecia iminente, ela reclamara da rarefação dos encontros cinematográficos, tanto os noturnos quanto os vespertinos. Ele alegara muito trabalho. Ao que ela sorriu amarelo, aludindo à *flânerie* intelectual que era a marca do companheiro de alcova. "Lu, você não faz nada da vida, fala sério." Ela queria ir mais ao cinema, e Luciano, dedicado à música, evitava polemizar e contabilizar a baixa intensidade dos últimos encontros. "Estou ocupado com produção", ele argumentava, sem sucesso.

— Você não me ama mais.

— Mentira.

— Talvez nunca tenha me amado.

— Besteira.

— Os homens são todos iguais. Você concorda que as mulheres só se interessam pelos tolos.

— Isso quem diz é o seu marido, no que ele parece se regozijar da própria condição.

Foi então que Michelle contou que procurara a vidente. Luciano fez pouco da amiga e de sua desconfiança. Não acreditava nessas coisas, como não acreditava em religião, simpatia, ginástica, comida vegetariana ou auto-estima. Riu da pobre menina rica chamada Michelle, mas, como gostava de arte, narrativa, imagem e outras lorotas do tipo, ficou cheio, ego inflado e orgulhoso pela tentativa de ordenação que a mocinha interiorana procurava dar ao relacionamento desregrado. O caso agora ganhava significação, e mesmo a idéia de que as mulheres preferiam os tolos lhe atiçava o espírito inquieto e dado à investigação intelectual. Talvez o recurso ao oráculo popular tenha mesmo dado alento à brasa dormida dos amantes.

— Não vou me surpreender se na próxima semana você me contar que esteve num terreiro.

Saíram os dois mais felizes. Michelle, convencida, pelas cartas da sortista e pelo esforço do amante, de que era desejada. Ele, cheio de si, por se saber objeto de uma narrativa que envolvia não apenas o desejo da mulher que, de quando em quando, ele de fato possuía, mas também porque a crendice popular conferia certo charme e realidade para além do cinema, da música e dos círculos opacos da grã-finagem, esmaecidos mesmo quando temperados pelos jovens artistas. Tomou um táxi de Pinheiros para os Jardins. E a possibilidade de que Donato soubesse das aventuras vespertinas da mulher desapareceu momentaneamente. As cartas anônimas não haviam reaparecido, Michelle não tocara mais no assunto e Donato, ainda que cada vez mais casmurro e dedicado ao mercado global, não manifestava desconfiança alguma.

Porém, ao chegar a casa, naquela tarde em que deixara Michelle depois da sessão da tarde, Luciano ligou o computador e encontrou mensagem postada pelo amigo. O assunto vinha em letras maiúsculas. "Hoje, na minha casa, às 19h30." E o pedido, no corpo do *e-mail*, era breve mas direto. "Grande acontecimento. Preciso mostrar algo magnífico, favor confirme presença, Donato."

Luciano tomou um susto e por um instante ficou atônito. Donato descobrira tudo. E lhe intimava a comparecer à casa dele, depois de meses que não se viam. A formulação lhe parecia impessoal demais para algo desimportante. Pensou, de repente, que pudesse ser um *e-mail* mal enviado, um vírus ou uma mensagem antiga, que por acaso voltava a circular, em outro contexto. Levou alguns minutos sem saber o que fazer. Ligaria para Michelle? Já podia vê-la ensangüentada, e a Donato com a faca em mãos, sorvendo os pingos que caíam da lâmina vermelha no tapete importado do Oriente, na imensa sala de jantar do apartamento dos cônjuges. Ou a mão, ainda trêmula, do marido pousando o revólver na mesa do computador, enquanto conferia as cotações em Xangai e Nova York, para depois redigir e enviar, por *e-mail*, a curiosa intimação. Luciano aproveitou que estava na frente da máquina para girar os canais de horóscopo dos *sites* mais conhecidos, e as previsões amorosas que encontrou não inspiravam cuidado. Nenhuma alusão a problemas ou tragédias. Foi ao banheiro conferir se haviam jogado fora o jornal do dia. E os astros do diário lhe prometiam um dia de grandes descobertas e auspício na seara econômica. Sim, talvez Donato tivesse retomado algum projeto de investimento em arte e quisesse a assessoria de Luciano. Ou desejava lhe comunicar que, finalmente, decidira comprar a tela de estudo de cores do mais promissor dos jovens artistas, indicado por ele, Luciano, e ansiava lhe mostrar o quadro, já instalado na parede. "Grande acontecimento, preciso mostrar algo magnífico", dizia a mensagem. Por que o temor? Por que o alarme? Era o bom e velho Donato, objetivo e econômico, ainda que quase ríspido. O tempo afastado justificava a brevidade. E se bem conhecia o antigo amigo de colégio, agora alto executivo, o tempo estava curto, o trabalho era muito, assim como a estima por ele, e Donato lhe reservava uma grande surpresa. Também para Michelle, e queria lhe incluir na comemoração. Eram perto das 17 horas. Luciano se aprontou, tomou um banho, escolheu a dedo a roupa, os sapatos, o guarda-chuva, o perfume e o melhor paletó, cortado justo, na última moda. Ainda fez hora, ouvindo mais algumas das faixas que produzira naquela semana.

Ganhou a rua e acenou para o primeiro táxi que divisou na rua molhada de chuva. Dos Jardins até o Morumbi demoraria uma hora, se tanto, calculou, se o movimento não estivesse carregado. Mas nem bem o carro dobrou a primeira quadra, estacou no trânsito parado. Mais à frente, um acidente com um motoqueiro produzia reflexos por toda a extensão da via e das travessas próximas. Luciano maldisse a sorte e lançou o olhar para fora do carro. Nos postes de luz, havia anúncios publicitários de leitores de tarô, búzios e I-Ching. Um arrepio lhe percorreu a espinha. Uma dor tremenda se abateu sobre seu pescoço, atingindo em cheio o ombro direito. Era a mesma dor sentida horas antes, naquela mesma tarde. "É um encosto", pensou consigo mesmo, e arrepiou-se mais uma vez. Respirou fundo e girou a cabeça, tentando aliviar a tensão. Parou os olhos em um estabelecimento na calçada. Voltou a mirar o lambe-lambe fixado no poste. "Vidente do amor, tarô, búzios, lemos a sorte e a fortuna." Junto ao boteco de esquina, uma escada se prolongava pelo interior e conduzia ao primeiro andar. Luciano custou a crer que se tratava do mesmo tipo de negócio. "Vidente do Amor — Pagamento Pós-Resultado", dizia uma plaqueta discreta sobre o batente superior da porta. Mas a sortista de Michelle não era no Morumbi? Uma franquia, talvez, riu-se consigo o garboso rapaz. O trânsito continuava atravancado. Besteira, pensou consigo mesmo. Mas o pescoço lhe doía, e Luciano não demorou a encontrar justificativa para a própria curiosidade: interesse antropológico. Num ímpeto, pediu que o motorista do táxi esperasse o seu retorno. Apeou do carro e subiu, aos saltos, a escada que conduzia ao profissional da futurologia.

O interior do prédio era escuro e a sala de consulta ficava ao fundo do corredor, com uma plaquinha que reproduzia o cartaz do poste de rua. Bateu na porta e esperou. Veio abrir uma mulher de meia-idade, baixa, pardacenta e meio gordinha, com olhar de menina, mas aspecto envelhecido. Vestia bermudas, regata e chinelo de dedo. Ele a achou com cara de faxineira, mas a moça não deu tempo para que ele hesitasse e o fez entrar sem demora, indicando uma cadeira de ferro frente à mesa de centro. A janela, pequena, dava para a rua, e Luciano, involuntariamente, foi até ela. Lá fora, o táxi estacionara e o trânsito ainda era ruim.

— Não sei bem o que vim fazer aqui — disse ele, ainda olhando para fora, como se falasse consigo mesmo.

— Não é trabalho nem saúde, dá pra ver pela tua pinta — respondeu a moça, e sacou um baralho surrado do bolso traseiro. — Senta, bonitão.

Alcançou o maço de cigarros da mesa e acendeu um Charm.

— Já sei tudo — disse, e pediu que o rapaz cortasse o maço.

As cartas foram saindo.

— Ela ama você, papito.

— E o que mais?

— Você a ama. E está preocupado.

— Elementar.

— O outro desconfia, mas é incapaz.

— Do quê?

— Lhe considera. Marido traído, mas conformado.

— Ah.

— Mulher é importante, coisa magnífica. Vai tranqüilo, *lover man*.

Luciano não atinou bem para o que dizia a vidente, e emudeceu, ouvindo o canto mavioso daquela voz que agora lhe sugeria auspiciosas predições.

— Vai, *bello*. A vida é pra ser vivida, o que vier vem pro bem. Ela ama você, vocês todos se ajeitam. Problemas não interessam a ninguém. Pra fora, tudo certo e arrumado, elegante como você, papito *lover man*. Lá dentro é que o bicho pega. Mas faz parte. Ele também quer brincar. Não é ruim que ele saiba, pelo contrário. Lhe considera. Vai, bonitão, coisa boa é a vida. Vida boa merece comemoração e festa.

— Festas custam dinheiro.

— Gente humilde faz festa com pouco.

— Quanto é?

— Cervejinha, churrasco, farofa. E uma branquinha pra abrir caminho.

Luciano sacou a carteira e entreviu as notas que guardava. Ouvira apenas o que quisera, sem atinar para o aviso sutil que a sortista lhe assoprava aos ouvidos. O alívio da voz oracular o relaxara, e Luciano já pensava no que o convite de Donato reservava. Carnes nobres, peixe fresco, trufas? Espumantes, 18 anos, carmeneres, bordôs? Arte, proposta de negócios, malas de dinheiro vivo? Tinha fome. Sempre fora mão aberta. Pulou as notas de vinte, reservou uma cédula de cinqüenta para a corrida, estendeu outra destas para a sujeitinha.

Os olhos dela brilharam e a tragada seguinte foi mais funda. Era quase o que ela ganhava num dia de faxina.

— Vai bonitão, ela te espera.

Luciano saiu radiante do consultório sentimental da vidente do amor, recusando até mesmo o pacto publicitário de pagamento pós-resultado oferecido pelos folhetos de divulgação. Colocou os pés na rua, e o tempo chuvoso, o trânsito que já fluía, ainda que lento, a cidade congestionada de cabos e subterfúgios informais, a profusão de casas de comércio miúdo, os restaurantes populares, as lojas refinadas, os seguranças privados, as casas noturnas gls, tudo no entorno lhe pareceu belo em seu lugar e promissor.

Saltou para dentro do carro, que ainda o esperava e pediu que tocasse para o Morumbi. Chegou ao destino em pouco mais de quarenta minutos. Nem bem pisou a calçada do prédio do casal amigo, o porteiro já acionava a trava, abrindo os dois portões de entrada do edifício. Uma câmera de segurança seguia os passos do visitante.

Luciano entrou e lançou um olhar simpático e, ao mesmo tempo, surpreso, ao porteiro.

— Já estão lhe esperando, senhor Luciano.

— Ótimo — agradeceu e, ao se dirigir para a entrada em arco, de estilo neoclássico e pé-direito de cinco metros do edifício de alto padrão em que morava o casal, ainda pôde lançar um olhar para trás, suficiente para verificar que o porteiro tomava do interfone para comunicar a sua chegada aos moradores.

Foi longo e excitante o percurso desde o *hall* de entrada, em que o belo Luciano, feliz com a reaproximação com o velho amigo, atendeu ao pedido da placa, instalada junto aos elevadores, de sorrir por estar sendo filmado. Dez andares o separavam do apartamento, e a suave ascensão do elevador lhe proporcionou bem-estar e mais expectativa.

Ao chegar ao andar de destino, empurrou a porta do elevador e encontrou o apartamento aberto. Era um convite para que entrasse sem bater. O interior estava à meia-luz e uma música suave, bossa nova tocada em formação jazzística, era emitida dos inúmeros alto-falantes distribuídos na sala de visitas de mais de oitenta metros quadrados. Luciano penetrou na sala vazia. Foi até a imensa sacada, de onde se podia avistar o mar de barracos da favela vizinha piscando suas luzes intermitentes. No cômodo seguinte, usado como quarto de TV e *home theater*, um pouco menor e mais íntimo que a primeira sala, Luciano entrou em cena. Donato vestia *smoking* e estendia em direção ao convidado uma taça longa, prenhe de líquido gasoso e perolado. A câmera fotográfica digital, posicionada sobre a estante, mirava o anfitrião, em traje de gala, agora sorvendo o espumante, e uma luz frontal sugeria que ela se encontrava não apenas ligada, mas gravando. Uma filmadora VHS estava direcionada a quem entrasse e registrava o olhar estupefato do convidado. A terceira máquina era a minigravadora digital da anfitriã, apoiada sobre um tripé e apontada, justamente, para Michelle, que no meio da sala, de frente para Luciano, contorcia-se, amordaçada e amarrada a uma cadeira. Completamente nua, pernas forçosamente afastadas a ostentar o tom violáceo da carne de seu sexo, ela tinha ao seu redor cinco círculos concêntricos de velas pretas e vermelhas, que tremeluziam suavemente.

Coleção MO – Memórias Obituarias - Psicografadas.

MO 1 Coleções Obituárias

Oferecimento Emplasto Brás® Cubas

Memorias Postumas De Brás Cubas

Machado de Assis

Psicografado por lourenço mutarelli 2008

Machado de Assis aos 25 Anos

Ao verme que primeiro roeu as frias carnes do meu cadáver Dedico como saudosa lembrança estas Memórias Póstumas

Diga ao Leitor

Diga, Escreva, em rapidas palavras desse tempo que a obra foi escrita (prescrita) com a pena da ironia e com a tinta da melancolia e ainda que o melhor prólgo é o mais breve e que nesse estado em que me encontro Já não se distingue Autor ou Personagem. Pesso ao leitor, ainda, que me perdoe porque esse lourenço é a ferramenta imprecisa que manejo agora.

Reflexão Imoral - Marcela* Filha das Astúrias, moça sem escrúpulos eterno amor te estamparia nos rótulos, nos anúncios, nas embalagens do Emplasto que leva meu nome. Brás Cubas
minha obsessão, tu Marcela e o emplasto
Oferecimento
Emplasto
Emplasto Brás Cubas
Brás Cubas
Nas melhores Boticas
*uma bruxa de Shakespeare com um serafim de Klopstock
- "Vem chiquito"...

Agora sei que não era um hipopotamo a massa obscura e imprecisa que vislumbrei outrora e Semiramis Isis é quem em sua incompostura se fez chamar Natureza ou Pandora. Eu vi o culto da Virgem Negra porque é por isso nós caminhamos para trás! Perdoa-se me torno disléxico e talvez confuso mas é a ânsia de expressar-me por meio desse corpo que possuo agora. E é Pazuzu o nome daque golpe de ar Pazuzu o demônio assírio com suas quatro asas... e lá se ia tudo: "Assim corre a sorte dos homens" com essas palavras firmei quando narrava em que aparece a orelha de uma Senhora e assim me despedia da mais formosa de minhas contemporâneas. No momento em que já enfermo por uma idéia fixa e pelo tempestuoso vento do Sudoeste Senhor da febre e das pragas. Deus te livre, leitor, de uma idéia fixa! Segue as palavras dessa coisa que não edifica nem destrói. Pazuzu é o golpe de ar. Virgília. Virgília é meu prazer satânico. E esse animal grotesco que insiste em me levar à origem dos séculos...

A asna. A neve. Essa planície de neve. Branca planície. Essa Giganta vulto imenso É confuso...

"Once evoked, all the weight of black magic and negative forces are willed back to the source and sucked up into a black funnel. There are no words to evoke this spirit, only total emptiness."

A baixela da Índia
Baixela do Diabo

"I work for the Black Hole, were all Natural laws are invalid!"

...eu sei, mas assim é o proceso enquanto as moléculas se separam animal, mineral, vegetal... A decomposição de mim mesmo a vida a tal vida que assistimos nessa hora única não se passa de forma linear ó como nos sonhos as pessoas se alternam e tudo se passa na velocidade de um trovão. Virgília agora é Marcela e em seu colo descansa o gato Sultão. Linda Marcela. Vejo na moita, sou um rapaz, sou o "menino diabo" e no mato vejo o velho Vilaça metendo na Dona Eusébia no mato. Eusébia com os olhos vendados por um lenço de seda indiana

Marcela primeira comoção - "Vem cá, chiquito"... quinze
meses e um punhado de grana e no fim da escada um
corredor escuro. Marcela espanhola amiga de dinheiro e
de rapazes encontrei em tio que só se pode encontrar nas
putas. Meu tio João mestre da obscenidade e da imun
dice iniciou-me quando eu contava com onze anos...
Minha mãe me ensinou a repetir as preces e meu pai
sempre me encorajou em meus erros. Tio Cônego o repreen-
dia dizia que meu pai me dava mais liberdade do que
ensino. Ensino, ensino, ensino meu espadim e Ludgero
e Quincas Borba... Aprendi que possessos são aqueles ator-
mentados internamente pelo diabo: [illegible]

[illegible] Expirei às duas horas da tarde de
uma sexta-feira do mês de agosto de 1869, na minha bela cháca
ra de Catumbi. A idéia de um malicamento sublime, um
emplasto anti-hipocondríaco destinado a aliviar a nossa
melancólica humanidade o fundador da minha famí-
lia foi um certo Damião Cubas que floresceu na primei
ra metade do século XVIII Descia à imobilidade física
e moral, e o corpo fazia-se-me planta, e pedra, e lodo,
e coisa nenhuma Deus te livre leitor de uma idéia fixa recebi em
cheio um golpe de ar vinha a corrente de ar, que vence em eficácia o cál
culo humano o tempo que é o ministro da morte um prazer satânico
em mofar dele hipopótamo o frio aumentava com a jornada nós ca-
minhamos para trás dissera-me dissera-se que a vida das coisas
ficara estúpida diante do homem. "Chama-me Natureza ou Pandora
Sou também a morte imagina tu leitor, uma redução dos séculos, e um
desfilar de todos eles, as raças todas, todas
as paixões, o tumulto dos impérios, a guerra
dos apetites e dos ódios, a destruição reci.

Não sou propriamente um autor
defunto, mas um defunto autor.
Expirei às duas horas da tarde
de uma sexta-feira do mês de
agosto de 1869, na minha bela chá-
cara de Catumbi. Tinha uns
sessenta e quatro anos...
proca dos seres e das coisas e via o amor
multiplicando a miséria Eram as formas
várias do mal o homem, flagelado e
rebelde, corria diante da fatalidade
das coisas, atrás de uma figura nebulo-
sa e esquiva, feita de retalhos, um re-
talho de impalpável, outro de imprová-
vel, outro de invisível... essa figura
Gerações umas tristes como os Hebreus
outras alegres como os devassos de Cômo
do uma força misteriosa me retinha
Onkerris Satana Karrica Mafurra
Kunfax Xicosnafa Kalifax DerroK
Amphasqui Tumerka Filarna Fikkurra
Markax Luciferus Lilith et Moloc.
É algo mal, comparando-nos a tais,
porque nós éramos outra espécie
de animal menos tardo, mais re-
lhaco e lascivo.

Sei que pode parecer-lhe estranho quando digo que expirei com uns sessenta e quatro anos, mas o fato é que quando morto passamos a contar o tempo não a partir da data que, propriamente nascemos, mas do momento da verdadeira concepção.

"Teme a obscuridade, Brás, Foge ao que é ínfimo"

Eu te esconjuro, velha Serpente, pelos vivos e pelos mortos, pelo Juiz dos vivos e dos mortos, pelo teu Próprio Criador, pelo Criador do Mundo. Vai embora, transgressor, vai embora ó sedutor repleto de dolurie e perfídia, tu que és um monstro, tu, ó criatura horrível, tu predador da vida; tu, portador da morte.

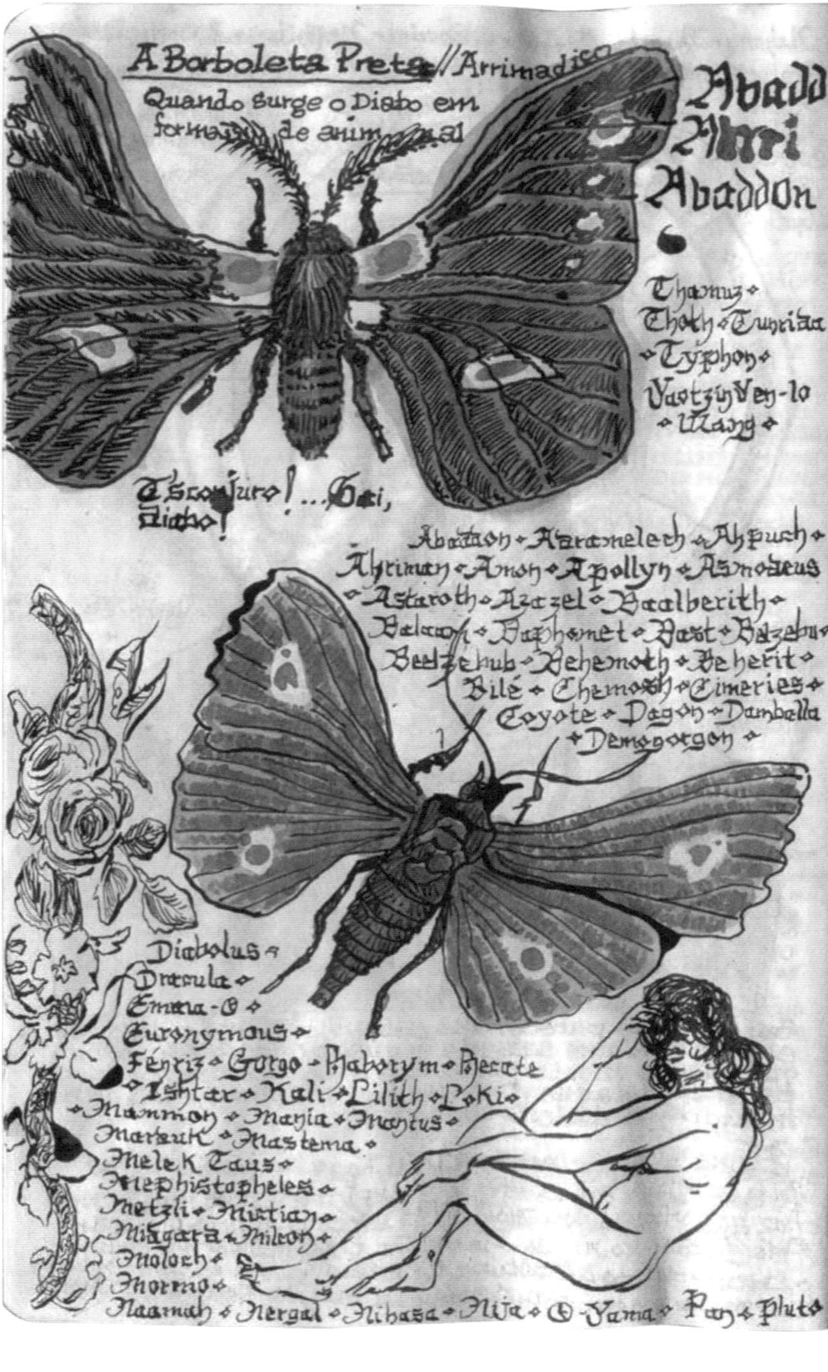
A Borboleta Preta // Arrimadiço
Quando surge o Diabo em
forma de animal
Abadd
Abaddon
Thamuz ◆
Thoth ◆ Tunrida
◆ Typhon ◆
Vaotzin Ven-lo
◆ Wang ◆
Esconjuro!... Sai,
Diabo!
Abaddon ◆ Adramelech ◆ Ahpuch ◆
Ahriman ◆ Amon ◆ Apollyn ◆ Asmodeus
◆ Astaroth ◆ Azazel ◆ Baalberith ◆
Balaam ◆ Baphomet ◆ Bast ◆ Balzebu ◆
Beelzebub ◆ Behemoth ◆ Beherit ◆
Bilé ◆ Chemosh ◆ Cimeries ◆
Coyote ◆ Dagon ◆ Damballa
◆ Demogorgon ◆
Diabolus ◆
Dracula ◆
Emma-O ◆
Euronymous ◆
Fénriz ◆ Gorgo ◆ Haborym ◆ Hecate
◆ Ishtar ◆ Kali ◆ Lilith ◆ Loki ◆
◆ Mammon ◆ Mania ◆ Mantus ◆
Marduk ◆ Mastema ◆
Melek Taus ◆
Mephistopheles ◆
Metzli ◆ Mictian ◆
Midgard ◆ Milcom ◆
Moloch ◆
Mormo ◆
Naamah ◆ Nergal ◆ Nihasa ◆ Nija ◆ O-Yama ◆ Pan ◆ Pluto

As futuras advertências de meu cunhado Cotrim
Marcela, Eugênia, Virgília
Minha vida em três atos
A Mentirosa
a espanhola
A Coxa
filha da Moita
A Infiel
Mulher do Político
e a minha insania
"...Namorar-lhe a boca, fresca como a madrugada e insana como a morte."
Psicografias
Supay · Tan-mo · Th · Tchort · Tezcatlipoca
Reserpine · Pucca · Rimmon · Sabazios · Sammael · Samnu · Sedit · Sekhmet · Set · Shaitan · Shamad · Shiva

Praecipio Espírito Impuro Exorcizo te Adjuro te

"Não sou propriamente um autor defunto, mas um defunto autor." Expirei às duas horas de uma sexta-feira do mês de agosto de 1869. "Deus te livre, leitor, de uma idéia fixa"; Recebi em cheio um golpe de ar; adoeci. —Chama-me Natureza ou Pandora; Sou tua mãe e tua inimiga. Eram as formas várias de um mal/ Então o homem, flagelado e rebelde, corria diante da fatalidade das cousas, atrás de uma figura nebulosa e esquiva, feita de retalhos... No dia 20 de outubro de 1805, em que nasci/ Napoleão, quando eu nasci, estava já em todo o esplendor da glória e do poder/ Meu Pai... Herdara no déspota, o que admirava no General/ Ringe nicht mit den Affen, die die Tote/ der Hölle heimachen, dort liegt das Paradies und Anubis ist Wegbereiter/ The matter cannot be forgotten Many men died, among the bravest/ Mais en a-t-il le droit? Quel titre le lui donne? Mes chevaliers et moi, quand nous avons juré d'assurer la victoire à l'étendard sacré, de vouer notre vie et notre noble exemple à conquérir, défendre et protéger le Temple, avons-nous à des rois soumis notre serment? In the name of Satan, we bless thee with this, the symbol of In the name of Satan, we bless thee with this, the symbol of In the name of Satan, we bless thee with this the symbol of Hic est Calix voluptatis carnis thee with this the symbol of Deu, a rir comigo da superstição das duas mulheres, um riso filosófico, desinteressado, superior. thee this the symbol of

E foi assim que desembarquei em Olligsipo ● Lisboa Vinha a torrente de ar, que vence em eficácia o cálculo humano... E lá se ia tudo. Assim corre a sorte dos homens. Digam-me, o menos mau é recordar; ninguém se fie da felicidade presente; há nela uma gota da baba de Caim. Um prazer satânico em mofar dele. Era o meu gato Sultão/ Entre a manhã e a noite fazia uma grande malda de Te Deum/

Linda Marcela Coisas de Espanha, linda Marcela da Fugueiras, Primeira comoção de minha juventude. Chiquito Marcela amou-me durante quinze meses e onze contos de réis

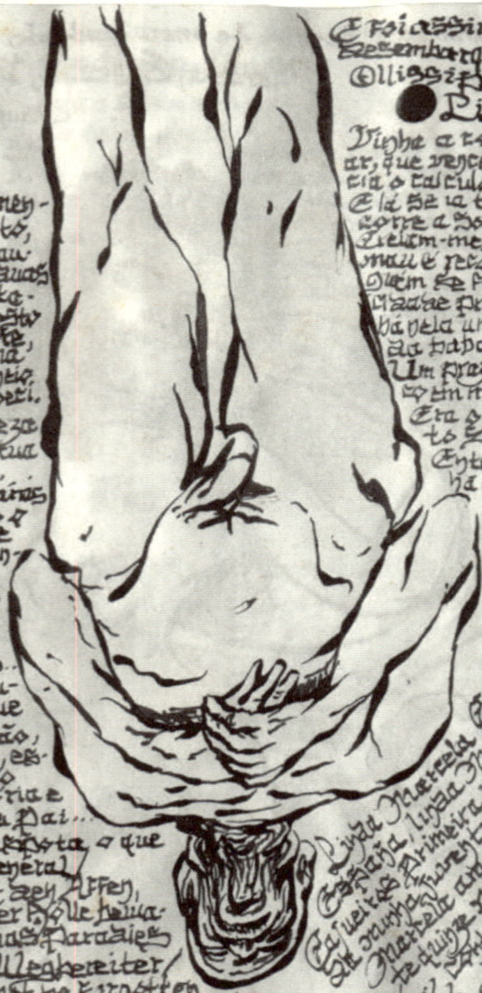

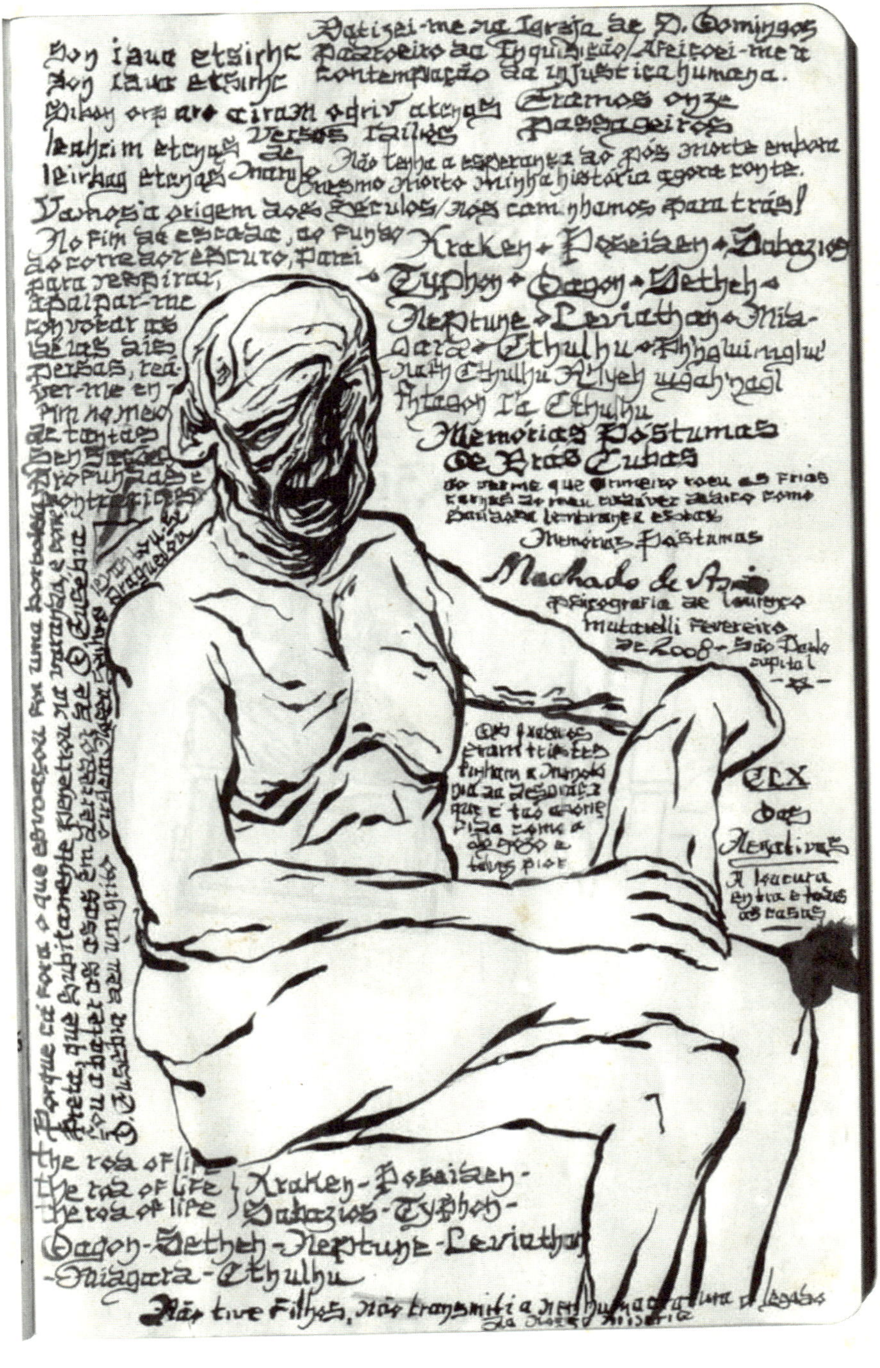
Batizei-me na Igreja de S. Domingos
Pastoreiro da Inquisição/Afeiçoei-me à contemplação da injustiça humana.
Eramos onze passageiros
Vamos à origem dos Séculos/nós caminhamos para trás!
Kraken - Poseidon - Sabazios - Typhon - Dagon - Sethen - Neptune - Leviathan - Niagara - Cthulhu
Memórias Póstumas de Brás Cubas
Memórias Póstumas
Machado de Assis
Psicografia de Lourenço Mutarelli Fevereiro de 2008 - São Paulo capital
CLX
Das Negativas
the roa of life
the roa of life
the roa of life
Kraken - Poseidon - Sabazios - Typhon - Dagon - Sethen - Neptune - Leviathan - Niagara - Cthulhu
Não tive filhos, não transmiti a nenhuma criatura o legado da nossa miséria

— Chama-me Natureza ou Pandora; sou tua mãe e tua inimiga.

Memórias Póstumas de Brás Cubas,
cap. VI, “O Delírio” (1881)

MEMÓRIAS PÓSTUMAS DE BRÁS CUBAS

obra de Machado de Assis psicografada por Lourenço Mutarelli

Não tenhas a esperança do pós-morte, embora mesmo morto minha história agora conte. Aposso-me de um corpo mal cuidado e torpe e através de seu limitado vocábulo exponho minha vida dividida em três atos. Não cries a esperança dos apóstolos nem penses que a ciência é a mãe de todos. O jogo de ilusão o qual jogamos tem truques dos quais só é capaz um morto. Cuspo palavras em busca do tal descanso prometido e insano. Prescrevo esse breviário em tempo de urgência *com a pena da ironia e com a tinta da melancolia*. Peço ainda ao leitor que me perdoe, pois esse Lourenço é a ferramenta imprecisa que manejo agora. Outrora fui mais feliz ao possuir e manejar um bom Machado. O importante é fazer saber que sou meu próprio redentor.

— Praecipio: eu ordeno. Exorcizo-te: eu te expulso. Adjuro-te: eu te esconjuro. Lança o terror, Senhor, sobre a fera que em teu vinhedo faz estragos. Espírito imundo! Dá o teu nome!

1. A MENTIRA

I

Expirei numa sexta-feira nada santa às duas horas da tarde de um mês de agosto. Contava imprecisos sessenta e quatro; e onze são os que ao cemitério me acompanham. O tempo ora presente ora passado é feito pelo jogo do engano. Tudo aprendi durante o curso em que minhas moléculas dissipavam-se. Dividiam-se e reordenavam-se frente à decomposição da minha carne. Foi de mim o que era mineral, animal e vegetal, dissolvendo-se em suas cadeias naturais. E a vida, a tal vida, a que assistem os afogados, não corre de forma linear, é feita como se fazem os sonhos e os onze, ou sejam quantos quer que conte, se alternam, são muitos mesmo sendo poucos. Aprende que o Diabo só nos tenta na certeza de nos ver errando. Nunca casei, não contraí o matrimônio nem gerei filhos, fui árvore sem frutos. Vivi de forma confortável e fui presenteado muitas vezes pelo abono. Em meus últimos dias fui visitado por nove ou dez passantes, dentre esses três mulheres, minha irmã Sabina, sua filha e a terceira lhes direi daqui a pouco. Foi essa quem mais sofreu pela ausência de meu corpo. Morri de uma pneumonia fruto de um golpe de ar e de uma idéia fixa. Sempre tive durante toda minha existência uma idéia fixa. Nunca a mesma, mas sempre uma obsessão me movia. Aprende, amigo, o que a ciência de seus dias procura apagar. E nos meus dias assim chamou a igreja aos atormentados externamente pelo Diabo, *Obsessos*. Quando em posse do Maligno, como detenho esse Lourenço agora, *Possessos*. Aos que sofrem moléstias por intermédio de feiticeiras, *Maleficiados;* aos que

Satanás lança, arremessados pelos ares, *Arrepticios;* aos adivinhos, *Pithonicos;* aos atormentados nos quartos de lua, *Lunáticos*; aos que falam e agem por intervenção diabólica, sem disso terem consciência, *Fascinados*. Destes uns se dizem *Energúmenos,* outros *Endemoninhados* e outros ainda *Vexados*. Quando o Diabo se manifesta em forma de qualquer animal, *Arrimadiço*. Na época de minha morte queria a panacéia para a hipocondria. Essa minha idéia era como uma moeda, ou como Deus com suas duas faces. Sempre fui vaidoso e preguiçoso; e como Fausto procurei a glória no atalho. O fundador de minha legião foi um tal de Damião Cubas que rondou o mundo no início do século XVIII. Era tanoeiro, palavra hoje em desuso, fazia barris, tonéis, talvez por isso Cubas. Ou o inverso, fez sua profissão pelo amor ao nome. Caso corra a palavra em dicionários encontrarás significados mais curiosos, tanoeiro pode ser também o cão, o cachorro. O animal predileto do Profano. No fim, quando tentamos encontrar uma razão, percebemos que na falta serve uma desculpa. O fato é que morri de um golpe de ar que me atingiu em cheio. E o vento pelo qual fui atingido ferido e morto era Pazuzu. Pazuzu, lhes digo, o demônio assírio com suas quatro asas, Senhor da febre e das pragas, me apareceu durante a vida em formas várias. Enquanto morria vi surgir à minha porta a tal figura que omiti há pouco. Já não a via a cerca de dois anos. *Creiam, melhor é recordar; não te prendas à felicidade do presente; há nela uma gota da baba de Caim.* Pazuzu, o demônio era o vento e Virgília, outro demônio, era a moça. Virgília, meu terceiro ato.

II

O delírio. Vejo inverso no espelho a curiosa forma de um barbeiro chinês. Creio ser um delírio, como se o resto não o fosse. E sou a *Suma Teológica* de S. Tomás:

> Questão 114.
>
> Artigo 3.
>
> Todos os pecados, provêem ou não provêem da tentação do diabo?
>
> Disse Dionísio em c.4 *De Div. Nom.*: *A multidão dos demônios é causa dos males deles e dos demais.* E Damasceno disse: *Toda malícia e imundice foram pensadas pelo diabo.*
>
> *[...] "Vocês têm por pai o diabo."*

O primeiro passo para poder narrar a minha história é igualmente trívio, chama-se ao primeiro deles, como bem definiu Martin Del Rio, Infestação. Minha presença causa no narrador, neste que psicografa, perturbações e confusão mental. O segundo passo é a Obsessão: "O demônio nunca faz com que sua vítima perca a consciência, mas sua ação faz-se manifesta". O terceiro passo é aquele em que se encontra agora esse corpo que possuo, esse Lourenço, este terceiro passo é a Possessão. Uso seus olhos para ver, seus ouvidos para escutar, sua boca para falar e suas mãos para me servir.

— Eu te expulso, espírito imundo com todas as legiões e tuas formas, adversário! Exorcizo-te, immundissime spiritus, omnis incurso adversarii, omne phantasma, omni leigo. Tu, portador da morte, predador! És a raiz de todos os males, traidor das nações, invejoso, avaro, fonte da discórdia e inspirador dos vícios.

Em meu corpo retorno as mãos cruzadas sobre o peito. Alguém as descruza, suponho ser Virgília, que não me quer morto. Vejo uma massa negra e disforme que me faz lembrar um hipopótamo. Sei que não é tal criatura, é outra. Outra forma. Outra besta. É Behemoth dos judeus, a besta apocalíptica em negra forma. A criatura me diz que vamos à origem dos séculos. Fecho os olhos e me lanço em tal ventura. Refletia com meu cérebro mais que enfermo, morto. E pensei estar na região dos eternos gelos. Quando abro os olhos constato que galopamos na planície branca da neve e do gelo. E é então que percebo que nesse vôo noturno caminhamos para trás. E de repente o animal estanca diante de uma giganta. A giganta é Semíramis, que em sua descompostura se fez chamar Natureza ou Pandora. E na minha dúvida ousei perguntar se estava vivo ou morto, porque ainda sentia a vertigem e o desconforto. E Semíramis assim falou:

— Sim, verme, tu vives. Não temas perder essas vestes imundas que são teu orgulho; provarás ainda, por algumas horas, o pão da dor e o vinho da miséria. E tu pedirás para viver. Não sou somente a vida; sou também a morte e tu estás prestes a me devolver o que eu te emprestei.

Então vi o amor a multiplicar as misérias. E soube que Semíramis, assim como Pazuzu, visitou-me outras vezes. Embora me cobrasse a dívida de um pacto que não recordo ter assinado. Semíramis visitou-me em outras formas. Foi a mentira na forma da filha do mercador de Espanha, Marcela. Coxa feito o Diabo, na forma da filha da moita, quando Pazuzu manifesto em negra forma da borboleta nos visitou também, e assim chamou Eugênia. E como a infiel mulher do político, a forma mais duradoura de minha desgraça,

Virgília. Os três movimentos em que dividi minha vida: Marcela; Eugênia; Virgília.

De meu nascimento ao fim de minha relação com Marcela foi o primeiro ato. Hoje entendo o apelido da infância que fez de mim o *menino diabo*. Mas, iludido eu sempre fui pelo desejo e pelo encanto desse mundo, cujo Príncipe que o governa é bem sabido. Assim resumi minha existência na tentação profana e nefasta de três pessoas. Feito a trindade inversa e maléfica.

— Praecipio tibi! Ordeno-te ao julgamento, que me digas o teu nome!

Meu nome é Brás. E assim também julguei e acusei. Perguntas pelo nome verdadeiro da criatura que se fez Marcela, Eugênia, Virgília e te darei o nome que queres escutar. Hoje sei e saberás também que somos todos a variação da mesma forma. Demônios copuladores íncubos e súcubos. Sou Brás Cubas, filho de Seth, Ahriman, Anpu, Anubis, Apep, Huwawa, Enlil, Baal, Mot, Yam, Hades, Hermes, Pan, Plutão e Zeus.

— Eu te expulso, espírito imundo com todas as legiões e tuas formas, adversário! Exorcizo-te, immundissime spiritus, omnis incurso adversarii, omne phantasma, omni leigo. Tu, portador da morte, predador! És a raiz de todos os males, traidor das nações, invejoso, avaro, fonte da discórdia e inspirador dos vícios.

Eu também assim acreditei ser diferente e na morte aprendi toda a verdade. Somos assim seus filhos, regidos pelo desamparo e pela mesma desgraça. Marcela é Agolaffre, Abisme, Isembart,

Mehmet, Muhammad, Changelings, Nathaniel, Belial, Lúcifer, Satanás, Leviatã, Belzebu. Porque o Diabo pode assumir muitas formas. "Antes da criação do mundo foram feitos os anjos, e antes dos anjos serem feitos o Diabo foi feito, então o Diabo deteve a primazia dentre os anjos."

— O mal esteve misturado no Cosmos de forma que o bem brilhará sem comparação. A maldade não é de natureza nenhuma. Considerando que Deus fez todas as coisas completamente boas, o mal não é nada por natureza.

Esse é um belo argumento. Não é teu disso eu sei muito bem. Mas, se Deus criou todas as coisas, incluindo o Cosmos, como o mal podia estar presente antes de sua queda?

— Praecipio tibi! Ordeno-te ao julgamento que me digas o teu nome!

Sigo minha história e chegaremos onde tu queres. Os séculos passavam por meus olhos na velocidade dos trovões. E tudo o que via eram as formas várias de um mal. E um denso nevoeiro voltou a cobrir tudo exceto a forma negra que chamei de hipopótamo. E essa mesma forma começou a se engolir e seu tamanho reduziu-se até a forma de um gato. Então reconheci Sultão, meu próprio felino. Lembrem, meu delírio começou em presença de Virgília e agora me encontro a 20 de outubro de 1805, o dia em que nasci. *O maior de todos os dias santos na religião satânica é a data do próprio nascimento. É uma contradição direta aos dias santos de outras religiões...* Pascoela foi minha insignificante parteira. Desde cedo fui mimado. Todos vislumbravam para o pequeno ser que eu era um futuro brilhante e gigantesco. Meus tios, João, antigo oficial, e Idelfonso, que era um simples padre, viram em mim um grande, um Cubas! Muitos vieram saudar a nova criança, em número muito maior do que os que acompanham meu caixão. Meus padrinhos foram nobres, minha vida foi mansa. Acreditei durante a vida e principalmente no início de meu *post mortem* que o motivo de minha danação fosse o conceito católico que traz para a mulher toda a culpa. [...] *da evidência de que a mulher é por natureza um canal para o Diabo, pois o Diabo seduziu Eva, e foi Eva quem seduziu Adão.* Por isso passei a enxergar, e por isso dividi em três atos minha existência, os três pontos cruciais de minha tentação e de minha queda derradeira. Mas voltemos à história, *cresci naturalmente, como crescem as magnólias e os gatos.* Tinha só seis anos e já fazia de Prudêncio, um negrinho lá de casa, meu cavalo. E sempre que ele tentava reclamar ou dizer qualquer coisa eu já gritava: "Cala a boca, besta!". Meu pai sempre me adulava e se me dava broncas era só na frente dos outros, depois, em particular dava-me beijos mostrando que aprovava minhas travessuras. *Minha mãe era uma senhora fraca, de pouco cérebro e muito coração, caseira apesar de bela e modesta, apesar de abastada.* Meu tio João era danado e até com as pretas se metia. Vira e mexe eu escutava a preta, que ao que ele vinha, dizia: "Cruz diabo! Esse sinhô João é o Diabo!". Quando rapaz custearam meus estudos numa nobre escola em Portugal. Foi lá que ouvi que no Alentejo havia um vilarejo cujo nome é Cuba. Tratei de visitar o lugarejo onde no centro da Praça da Rainha está a curiosa Fonte do Diabo. Diz a crença popular que nessa fonte reúnem-se as bruxas, os lobisomens, espectros e duendes. E lá recebem as ordens de um satânico chefe. E no tempo que corre de maneira elástica encontro-me agora em 1814; eu então com meus nove anos flagrei Dr. Vilaça, homem casado, pai e com seus quarenta e tantos anos metendo em dona Eusébia atrás da moita. Saí logo a gritar: Dr. Vilaça e dona Eusébia estão no mato grudados feito cachorros! A escola para mim foi enfadonha e dela guardo lembranças do mestre Ludgero Barata e do meu querido amigo, o Quincas Borba. E foi então, quando contava dezessete, que conheci minha flor de Espanha. Semíramis em forma de Marcela, minha primeira tentação. Marcela a espanhola amiga do dinheiro e dos rapazes. Foi nela que encontrei o que só se pode encontrar nas putas. Meu tio João, senhor da obscenidade e da imundice, convidou-me, em segredo, para uma ceia de moças em Cajueiro. Para minha surpresa era casa de Marcela. Nessa época cortejada por um tal Xavier. Sujeito tísico e abastado, feito sob medida para ela. *E Xavier, com todos os seus tubérculos, presidia ao banquete noturno.* Marcela amou-me quinze meses e onze contos de réis. Ajudou-me a apressar minha viagem de estudos ao exterior. E o barqueiro de minha nau era poeta cuja musa tuberculosa sucumbia. De Lisboa segui para Coimbra e na viagem Pazuzu foi o meu jumento. Feito Bali na forma de um asno. *Minha mãe me ensinou a repetir as preces e meu pai sempre encorajou meus erros. O tio cônego sempre lhe advertia que ele me dava mais liberdade que ensino.* Enfim, este é o primeiro capítulo de minha vida. Marcela, a mentirosa. Demônio da luxúria. Minha irmã das trevas. Quem diria que voltaria a encontrá-la um dia por acaso. Quando o vidro de proteção de meu relógio estilhaçou-se em praça pública. Na rua dos Ourives. Foi então que a reencontrei com o rosto desfigurado, ou melhor, foi quando pude ver de fato a sua cara. As pústulas cutâneas e a alma igualmente decrépita e putrefata.

2. O DIABO COXO

I

— Eu te esconjuro, velha serpente, pelo juiz dos vivos e dos mortos, pelo teu próprio Criador, pelo Criador do mundo [...]

Pelos quatro príncipes condenados do inferno, Satã, Lúcifer, Belial e Leviatã. Satã sempre foi o melhor amigo da tua igreja, ele tem cuidado dos teus negócios todos esses anos. E se me queres como bode expiatório então tu serás o outro, pois um é para o teu Senhor e outro a Azazel. Por ironia, ou melhor, sarcasmo do destino, Semíramis fez-se Eugênia, meu segundo ato. Eugênia filha de dona Eusébia, que atrás da moita eu pude ver sendo gerada. Voltei. Estava novamente em minha pátria e minha pobre mãe me esperava, lutando contra um cancro que lhe roía o estômago. *Havia oito ou nove anos que nos não víamos*. Lutava bravamente entre o ser e o não-ser, mas essa batalha sabe-se muito bem quem é que ganha. Dela só lembrança é o que restou. Pensava reavê-la no pós-morte, mas isso é para contos de crianças. Nessa época adquiri a hipocondria dos poetas. Como vim a saber, foi dona Eusébia quem vestiu em minha mãe o traje de sua última dança. Por isso em retribuição fui visitá-la. Dessa feita Pazuzu fez-se manifesto na forma de negra borboleta. E a borboleta preta me alertara do tipo que era esse meu demônio coxo. Pois na mesma época que conheci Virgília encontrei também a flor da moita, *minha Vênus Manca*. Antes, porém, meu pai queria um acordo. Me ver casado e na política. E até minha noiva já havia escolhido. Era a filha do conselheiro Dutra, Virgília era seu nome.

Minha Semíramis-Ísis derradeira. Minha Diana. Lua, símbolo andrógino, Artemis, Ísis-Neit; Sin, mãe da Babilônia. Mera Mate, mãe das pragas; Joda Mate, mãe de todos. E, em minhas visitas à casa do tal Dutra, *via a aleijadinha perder-se no horizonte do pretérito.* Quanto a Virgília, *no fim de um mês estávamos íntimos.* Foi nessa época que na rua dos Ourives cai-me o vidro do relógio no passeio e reencontro a espanhola desfigurada. Decrépita Marcela. Meti-me às pressas numa carruagem e *o boleeiro atiçou as bestas. Não há, às vezes, um certo vento morno, não forte nem áspero, mas abafadiço que nos não leva o chapéu, nem redemoinha nas saias das mulheres, e todavia é ou parece ser pior do que se fizesse, porque abate, afrouxa, e como que dissolve os espíritos?* Pazuzu novamente faz presença mostrando-me de Virgília o verdadeiro e bexiguento rosto. Tal qual Marcela, em tal momento, ocultar sua natureza Virgília não pôde. *Positivamente, era um diabrete Virgília, um diabrete angélico, se querem, mas era-o, e então... Então apareceu* o Lobo. Lobo Neves, o início de minha derrota. E Lobo Neves a ela prometeu-lhe fazer baronesa. De tão perturbado que ficou meu pai, vendo afundar seus promissores planos, morreu desse desgosto e não de outro. *Morreu daí a quatro meses, acabrunhado, triste com uma preocupação intensa e contínua, à semelhança de remorso.* E oito dias após a sua morte desafiávamo-nos, nós herdeiros, pelas posses. Eu, Sabina minha irmã e Cotrim, meu cunhado. Talvez confuso tudo lhe pareça, mas ardem-me esses golpes de água benta. Por isso apresso-me e garanto que é menos embolado agora do que no tempo em que não estava morto. Esse tempo soube que minha Virgília estava casada. Encontrei-a num baile e valsamos. E ao voltar pra casa deparei com o óbolo em que reluzia minha prece.

— Teme a obscuridade, Brás; foge do que é ínfimo!

3. A INFIEL

I

Sim, Senhor, amávamos. Agora, que as leis sociais no-lo impediam, agora é que nos amávamos deveras. "Di pari, come buoi, che vanno a giogo." E digo mal, comparando-nos a bois, porque nós éramos outra espécie de animal menos tardo, mais velhaco e lascivo. Somos a linhagem amaldiçoada de Caim. Com a moeda encontrada comprei o meu prestígio; e ela me voltou depois, de maneira muito mais rendosa, na forma de um misterioso embrulho. Cinco mil contos, nada menos, com esses comprei a coitada dona Plácida, pobre alma. Foi a guardiã de nossa alcova. Onde eu e a adúltera trepávamos. E dessas formas várias manifestas, eis que deparo com um ser vestido de farrapos. E tal qual a mencionada metamorfose dos sonhos, reconheço no mendigo meu velho Quincas Borba. Dei-lhe esmola e ele me pegou num abraço; só mais tarde é que fui me dando conta que no gesto que parecia amizade levou-me o relógio de meu bolso. O mesmo relógio, por sinal, que me levara a dar de cara com a espanhola. E o mendigo com o tempo fez-se filósofo para enfim morrer na forma de um louco. No tempo em que pareceu-me iluminado e lúcido iniciou-me nas artes do Humanitismo. Sua filosofia própria e filha de profundo raciocínio. Igualmente dividida em três atos: estática; expansiva; e dispersiva. Assim Quincas Borba ponderou sob a luz de Humanitas, *que o paganismo poderia ter chegado à verdade, se se não houvesse amesquinhado com a parte galante dos mitos.* E jurou-me que em tal erro não recairá o Humanitismo. Assim a Quincas Borba filiei-me enquanto Virgília partia com o marido que se fizera presidente de uma tal província.

Não frutificou o fluido misterioso que gerava nas entranhas. Se nascido, seria minha continuidade secreta, mas não vingou. Não houve emoção na despedida e seguimos assim, cada um com sua sorte. *A lembrança de Virgília aparecia de quando em quando, à porta, e com ela um diabo negro que me metia a cara um espelho, no qual eu via ao longe Virgília desfeita em lágrimas; mas outro diabo vinha, cor-de-rosa, com outro espelho, em que se refletia a figura de Nhã-loló, terna, luminosa, angélica.* Por isso não classifico Nhã-loló como as outras. Embora também fosse minha pretendente, morreu cedo e nem mesmo a moléstia maculou seu rosto. No fim tornei-me deputado. Fundei um jornal seguindo o princípio do Humanitismo e da inveja. Durou seis meses o periódico e morreu de forma clandestina. *A vida humana nutre de si mesma outras vidas, mais ou menos efêmeras, como o corpo alimenta os seus parasitas.*

— Dá-me teu nome esconjurado! O lugar que te cabe é a solidão! Pai da mentira, devasso! Abandona esse corpo, príncipe do crime execrável! Tu és o executor da devassidão, líder dos sacrilégios, mestre dos heréticos! Vai-te, ó crapuloso! Vai-te, maligno!

Queres o meu nome? Teu cristianismo só é bom para as mulheres e para os mendigos. Foi em meu nome que prosperou tua igreja apavorando a alma dos ingênuos. Queres o meu nome? Aqui te dou, mas saibas que a isso chamarei *invocação*! Diabo, Diacgo, Demônio, Lusbel, Satanaz, Lúcifer, Behemot, Ahasvero, Leviathan. Belzebu e suas sete ordens de reis, Baël, Pursan, Bytelh, Paymon, Bélial, Asmodeu e Zapão. Abaddon, Adramelech, Ahpuch, Ahriman, Ammit, Amon, Apollyon, Asmodeus, Astaroth, Astarte, Azazel, Baalberith, Balaam, Baphomet, Bast, Befana, Beelzebuth, Behemoth, Beherit,

Bel, Beletseri, Belial, Belili, Beng, Bolla, Caos, Chemosh, Cherufe, Cila, Cimeries, Coyote, Cush, Daevas, Dagon, Damballa, Demogorgon, Diabolus, Dumuzi, Drug, Eannus, Emma-O, Enlil, Euronymous, Fene, Fénriz, Fornéus, Fornjotr, Gorgo, Haborym, Hecate, Hel, Hermes, Ishtar, Iya, Janus, Kaia, Kali, Katavi, Ke'lets, Kholomodumo, Kukuth, Kulshedra, Kulsheder, Kybéle, Lamia, Ljubi, Lilith, Lohe, Loki, Mammon, Mania, Mantus, Marduk, Mastema, Melek Taus, Mephistopheles, Metzli, Mictian, Midgard, Milcom, Mimir, Moloch, Mormo, Naamah, Nemrod, Nergal, Nihasa, Nija, Ninus-Tamuz, O-Yama, Pan, Pazuzu, Pluto, Proserpine, Pwcca, Rimmon, Sabazios, Saitan, Sammael, Samnu, Sedit, Sekhmet, Semíramis, Set, Shaitan, Shiva, Sri, Supay, T'an-mo, Tchort, Tezcatlipoca, Thamuz, Thoth, Torto, Tunrida, Typhon, Vampiro, Vodnik, Xhindi, Yama, Yaotzin, Yen-lo-Wang.

Há muito tempo o bem e mal têm sido invertidos por profetas como tu! Diabos somos todos os nascidos. Mas vou em paz, porque *não tive filhos, não transmiti a nenhuma criatura o legado da nossa miséria.*

Ao vencido, ódio ou compaixão; ao vencedor, as batatas.

Quincas Borba,
cap. VI (1891)

A PALESTRA

Cristovão Tezza

Quis o acaso que eu fosse parar na estação rodoviária, ponto final de uma sucessão de escolhas erradas que ainda — eu tinha certeza — iria se desdobrar em outras desgraças, a maior de todas uma palestra inútil a ser proferida numa escola no fim do mundo por um cachê irrisório que eu havia aceitado cinco meses antes e que agora me deixava exatamente ao lado daquele homem tranqüilo, como eu acomodado no assento de plástico azul à espera de que o ônibus nos recolhesse, a nós e a outros gatos-pingados naquele começo de madrugada, para uma viagem de cinco horas, porque a cidade não tem aeroporto próximo, eu quase me vi dizendo ao homem para marcar minha superioridade, só por acaso estou aqui nesse matadouro móvel, o senhor me compreenda, e eu buscando metáforas adequadas àquele programa de índio, treinamento de recapacitação de escritor, vamos, procure a palavra certa; vou sacolejar por cinco horas, no escuro, aquela merda, enfim, e nem fumar eu fumava mais para me distrair, nenhum livro à mão — fui um estúpido, esqueci a pasta no hotel e o único quiosque daqui só vende jornal de ontem e livros de auto-ajuda. Para preencher a irritação, fiquei olhando a pobreza remediada do cenário, figuras se ocupando com malas e sacolas ou então desocupadas no café adiante, cotovelos no balcão sustentando corpos que se derramam a um tempo magros e pesados, duros de arrastar noite adentro, ruídos de ônibus, freios, portas hidráulicas se abrindo e se fechando em guinchos e assobios, a agitação de gente realmente trabalhadora e sem tempo a jogar fora; pensei em beber umas cervejas para dormir na viagem e desisti, isso vai me obrigar a ir ao banheiro de madrugada e a idéia de avançar lá para o fundo do ônibus balouçante e abrir a portinha estreita que dá para um buraco com cheiro de — mas estou depressivo demais, eu pensei, e olhei de novo para o cidadão ao meu lado, veja apenas o que está vendo, sem exagerar, eu mesmo me disse, e via um homem mais bem-vestido do que eu, com barba feita, um fio de perfume, um terno bem cortado, as pernas cruzadas, que olhou para mim sorridente — esse cidadão, eu mesmo me disse para me punir, é muito melhor que você e por isso aguarda a viagem de ônibus tranqüilamente, em paz com o universo e não com —

— Perdi tudo — ele me disse súbito, com uma alegria autista, absurda, como se dissesse o contrário do que disse. — O senhor acredita?

Cheguei aqui — ele acrescentou, olhando o relógio por alguns segundos —, nesta mesma rodoviária, há exatos onze meses, cinco dias e algumas horas, para voltar ao começo, graças a uma passagem como essa — e ele me mostrou a passagem, idêntica à minha, para a mesma cidade. — O senhor tem a sua aí? — e eu me vi, ridículo, mostrando a minha, poltrona 22, ele conferiu em voz alta, a

dele poltrona 23, o que por certo nos colocava lado a lado, e o homem festejou a coincidência imediatamente, com a mão estendida:
— Muito prazer, meu nome é Rubens! — assim, exclamativo, feliz com o próprio nome, algo que eu jamais consegui ser, e relutante aceitei o aperto vigoroso da sua mão com um sorriso intrigado. — Eu e um gato — ele completou —, chegamos ambos, porque era promessa, e promessas devem ser cumpridas, o senhor não acha?

Apenas sorri, defensivo, ainda sem saber o que tinha pela frente.

— Cheguei rico, volto pobre, e o gato suicidou-se — e ele riu, como que surpreso mais uma vez com a novidade, a idéia de um gato suicida. Um louco manso, decidi, olhando atento o rosto dele para desvendar a síndrome, o que me ocupou e me libertou da espera, ainda que eu resistisse a me entregar por inteiro à conversa de modo a preservar a segurança solitária e encastelada do meu mau humor — mas fui abrindo a guarda, porque Rubens era uma presença misteriosamente leve, alguém que pode ser usado quase que sem risco, calculei, e como se me lesse, ele disse: — Às vezes penso que fui usado, mas não, não foi nada disso, até porque tenho minhas reservas e uma casinha em Pintadaçu de que nunca me desfiz — criar galinhas, compreende? Eu vou é criar galinhas, e eles que vão plantar batatas. Estou cansado.

O homem deu uma risadinha sábia (talvez com um toque de ressentimento, ou quem sabe isso fosse só minha cabeça) e silenciou; mais que isso, refugiou-se no silêncio, chegando a se encolher e a fechar os olhos — e agora era eu que queria arrancá-lo de lá para de algum modo aproveitar meu tempo, assim atiçado. Um bom começo de palestra: estava eu tranqüilo na rodoviária de Curitiba, vendo se arrastarem os 42 minutos que faltavam para eu entrar na geringonça que me traria aqui neste lugar aprazível para passar a vocês algo da minha larga porém inócua experiência de vida, quando aquele ser bem-apessoado e com alguma nobreza nos gestos, depois de se enterrar num silêncio dolorido, emergiu súbito à superfície para lembrar Arminha, uma mulher pela qual ele estava disposto a entregar, digamos, a sua vida. Mas isso foi o fim do caminho, ele explicou, a mão já amiga no meu joelho, como que pedindo para que eu não me fosse, enquanto conferia se o ônibus já nos chamava, mas não, tínhamos ainda um bom tempo, ele disse sem dizer, só de olhar o relógio, como se não fôssemos viajar lado a lado; e interrompeu aquele fragmento de informação — Arminha — para voltar ao começo.

— Começou com um prêmio de loteria, essas coisas mexem com a gente — e aqui ele baixava a voz, quase que envergonhado do ridículo da própria vida que súbito lhe desabava —, para de um lance repentino ir até o fim de tudo, a filosofia, o sumo das coisas, o balançar de cabeça, a velhíssima sabedoria do povo se confundindo com a frase feita escolar, o editorial dos jornais, as conclusões mais altas, porque tudo gira em direção de uma única verdade, o senhor compreenderá — a mão no meu joelho retraído —, o ser humano é muito — ele baixou a voz mais ainda, apenas um sussurro — filho da puta. Sim, eu entendo, pensei, não tendo tempo de achar graça porque nos levantamos ambos assim que o motorista se postou à porta para recolher passagens e passageiros do outro lado da divisória de vidro, enquanto um funcionário da empresa acomodava malas nos bagageiros, o que não era nosso caso, eu com uma maleta e uma troca de roupa, e Rubens sem nada além de si mesmo e de uma história tão pesada que lhe inclinava a cabeça para a frente: — O ser humano — ele ainda ajuntou, intransitivo, severo, deixando um vago silêncio para que eu o preenchesse a gosto. Um bipolar, imaginei, para não deixar nada no escuro, avançando no escuro do ônibus até a 22, desgraçadamente a janela, o que me deixava sem válvula de escape, sempre se pode fugir pelo corredor, mas não pela janela, e o homem de novo animado, acomodando-se na 23 e fechando-me a saída. Rezei para que o resto do livro de sua vida fosse bom, me vendo, otimista, diante de alunos e professores de um auditório acanhado mas simpático, a fazer daquela viagem uma — perdão — uma "lição de vida", que é o que hoje todos querem. Eu estava mesmo interessado na Arminha, que por certo, fantasiei, desgraçou aquele homem singelo para todo o sempre, mas ao se ajeitar na poltrona ele resolveu mais uma vez voltar ao começo, à mágica da loteria, que começou com um prato de leite a um gato extraviado na varanda de sua casinha — de sapé, eu quase acrescentei, pintando o idílio — de madeira — ele precisou —, uma casinha muito simpática, com todo aquele barro vermelho em volta, uma cidade começando — ele explicou; um gato sujo, vira-lata, que não quis mais sair de perto, e ele prometeu de estalo, olhando o céu: "Se der o prêmio, cuido desse gato". Nenhuma coincidência quando o prêmio de fato deu, coisa de 700 mil, pelo que entendi — havia pelo menos 15 anos que ele jurava promessas com o que lhe desse na telha, bilhetes esperançosos na mão. Uma vez prometeu asfaltar a própria rua com o dinheiro, um exemplo para a cidade; noutra, casar com a solteirona feia, que só falava escondendo a boca, e ele imitou o gesto, sem rir; na promessa mais bizarra, virar padre, "para sempre", frisou ele; noutra, atravessaria o campo de futebol de joelhos, depois de pagar o ingresso comemorativo dos 3000 espectadores que lotariam a arquibancada —

e enquanto eu ouvia aquele Brasil ingênuo, perpassado eternamente de uma idiotia suave e sincera, ele fechava os olhos recapitulando a vida, tranqüilo. Era questão de acertar a aposta, e o gato deu certo, um gato mendigo, sujo e maltratado. O que o homem era? Funcionário da prefeitura. — Nunca tive a cabeça muito boa mesmo, meu pai viúvo me dizia — ele explicou, justificando-se —, e fui ficando por lá, atrás do balcão. O pai morreu e ficou o tio, que me aconselhou: vá para a capital e fale com seu primo. Se você ficar aqui vai jogar todo esse dinheiro fora. Todo mundo bota olho gordo.

— O que eu não entendi, é que o dinheiro muda a vida. Eu achava que continuaria tudo a mesmíssima coisa — e fez um gesto de pouco caso, consolando-se: — Vou voltar ao balcão da prefeitura. Tudo que sobe, desce, e fica no mesmo lugar. Está bem assim.

Era uma conversa circular, aquilo não ia adiante — eu me via em frente da minha platéia, mudo, por não saber o final da história, o homem me abandonou: ressonava, na escuridão da viagem. Ele não precisava mais de mim — agora era eu que precisava dele. Estava travado com o suicídio do gato, e resolvi mudar a tática.

— Mas o primo ajudou bastante?!

Ele abriu os olhos e tateou o escuro, até me achar — lembrou-se enfim de onde estava. O primo. Entusiasmou-se: — Sim, ele me disse imediatamente: venha para cá! Venha direto aqui para casa! Foi... foi comovente. Eu com a gaiola dourada e o meu gatinho, diante da porta do apartamento dele, uma maleta pequena, que eu nunca preciso de nada, sou um homem simples. Arminha amou o gato à primeira vista, tirando a gaiola da minha mão — e ele estendeu o braço para o corredor, dedos em ramalhete sustentando delicadamente a gaiola imaginária, bem longe do corpo que (eu imaginava) fazia um arco para trás enquanto em passinhos miúdos levava para longe aquele ser bizarro. A gaiola certamente estava fedendo, mas Rubens não tinha olfato para nada. O abraço apertado do primo:

— Primeiro de tudo, compre um bom apartamento mobiliado. E depois vemos as aplicações. Claro que vou ajudar você. Vamos trabalhar!

— Se bem que no começo ele ajudou mesmo bastante —, balbuciou o homem, como que a se contrapor à própria má vontade, a suavizar a desgraça. — Dinheiro na mão é tudo vento, como diz o povo — ele sussurrou. — O primo não teve culpa.

— E o gato?

Rubens silenciou por dois segundos, talvez tentando mais uma vez descobrir o sentido do que ia dizer, que sempre lhe escapava:

— Jogou-se do décimo segundo andar. Isso já do meu apartamento, aquele que eu tive de vender. Quer dizer, o primo vendeu. Arminha me explicou: o gatinho estava tão tranqüilo, subiu na amurada da janela, no parapeito com flores, como fazia tantas vezes — ela me disse —, e se arremessou para o alto feito um desenho animado. Arminha estava quase chorando quando me contou. Tom e Jerry não morrem nunca, mas ele morreu. Um suicídio. Eu devia ter tirado a conclusão certa — o prêmio era do gato, não meu. Com a morte dele, esvaíram-se os meus direitos. Virou-se para mim: o senhor é casado?

— Já fui casado três vezes. Não foram boas experiências.

Era para ter um toque de humor, mas o homem não achou graça; ponderou minhas palavras, a cabeça balançando, fatalista. — Eu tive duas noivas — ele explicou — comparando, o gesto geométrico do braço, uma noiva à direita, outra à esquerda —, a primeira de infância, que morreu aos 26 anos, atropelada na BR. E a Maria, que não deu certo; eu sou um homem esquisito. Ela desmanchou o noivado e casou com o gerente da Caixa Econômica. Pensando bem, um bom negócio — concluiu o homem, misteriosamente sem rir. Afinal, sou apenas um balcão honesto da Prefeitura, imaginei ele prosseguindo, mas ele não disse isso. Uma criança de colo começou a chorar agressivamente três ou quatro poltronas adiante; a mãe balbuciava consolos inúteis e senti uma pontada funda de mau-humor que se transformou no mesmo momento em dor de cabeça, a minha enxaqueca de sempre, espetadas lancinantes atrás dos olhos — aquela criança iria chorar a viagem inteira. Massageei as têmporas com força.

— Quando vi Arminha levando a gaiola, eu — e o homem se calou. Abri os olhos, e na sombra, percebi que ele olhava furtivamente em torno, quem sabe temendo pela primeira vez que alguém mais ouvisse a história de sua vida. Confessou para mim, cochichando, o choro da criança ao fundo:

— Eu me apaixonei por ela.

Quase eu disse — Natural! —, mas calei-me. Entre a dor de cabeça e o choro do bebê, eu estava tentando entender a síndrome, delimitá-la; um homem articulado, sem dúvida; falava até com certo prazer, aqui e ali o gosto de uma frase mais bem cuidada, um certo sopro retórico, quem sabe apreendido das reuniões da Câmara, ouvidas lá do balcão da portaria; quem sabe das letras catadas do tio bem-intencionado; duas ou três palavras quase difíceis, que ele punha aqui e ali nas frases com o cuidado de quem encaixa uma delicada cereja no alto de um chantili —; *sempre tive sentimentos altruístas, sem pensar neles* — o homem filosofou —, *e de repente o homem bom é como que uma serpente. Sim, um homem bom* — e ele voltou a tocar meu joelho com a mão, duas palmadinhas, o toque cordial: um homem bom. Acreditei nele. Um homem bom. — Mas a pessoa humana não vale nada — ele concluiu, retomando o chavão da rodoviária, o que o levava a um curto-circuito argumentativo. Um homem bom, o homem não vale nada — como conciliá-los, se são o mesmo? Tentei localizar — e me vi de novo refugiado diante da platéia de Pintadaçu, aquelas estudantes do primeiro curso de Letras da cidade, a bandeira do Brasil no canto da sala, os professores orgulhosos da visita do escritor, o discurso do diretor, alguém com a máquina fotográfica esperando o momento de eternizar-se ao meu lado — vejam, meus amigos, era questão de saber se o ser humano a que aquele homem se referia era Arminha, sua paixão, ou se era ele mesmo, confessadamente "um homem bom". A imagem de mim mesmo falando me tranqüilizou: sim, eu teria o que dizer na palestra. Justificava assim, a auto-estima baixa, o cheque que seria entregue num envelope discreto, já surrupiado de imposto de renda, imposto sobre serviço e taxa do Instituto Nacional de Seguridade Social. Filhos da puta. Um homem bom. — Mas como ela era? — perguntei súbito.

Agora sim, ele sorriu — no escuro, vislumbrei seus dentes, que eram falsos de tão bons. E baixou a voz, a mão novamente no meu joelho: — Morena, ela é morena, baixa, um metro e cinqüenta e sete, e lábios carnudos como os de Iracema. Os cabelos negros. Negros, lisos e curtos, e ele precisou: Cortados aqui — e o dedo mostrava a linha do pescoço, num gesto ríspido de faca —, como os de Cleópatra —, acrescentou, sem rir. — Quando eu vi Arminha a primeira vez, ela usava uma saia branca com pássaros azuis; e a blusa era azul clarinha, com laços nos extremos das mangas; e usava brincos. E dois ou três anéis, um deles com pedra — ele lembrou, de novo estendendo a mão, com nojo, mindinho espevitado, para segurar a gaiola daquele gato sujo que ela certamente lançaria aos céus do décimo segundo andar para em seguida chorar lágrimas de crocodilo à sua paixão fulminante e endinheirada que acabava de abrir a porta, quase flagrando-a no crime, preocupado com o choro da mulher amada — e as estudantes de Letras olhariam para mim, em suspense, à espera de um desfecho. A tal moral da história.

Uma paixão à primeira vista, eu diria, depois de um gole de água — o dinheiro cega as pessoas, eu também diria, fazendo auto-ajuda negativa e eco ao saber dos pobres. Um apartamento, para quem sempre viveu numa casa, com seus telhados acolhedores e o céu bem à mão, é um espaço abstrato, frio, apenas uma idéia de moradia: habitamos um interior sem exterior, transformados em pensamentos que sobem elevadores e percorrem corredores, cavernas, grutas e túneis elevados onde vivem pessoas desconhecidas e de onde súbitas janelas trazem fachos artificiais de luz, e do alto vemos um cenário venusiano cheio de rampas e prédios espetados — e fechei os olhos, dormitando no solavanco mais ou menos suave do ônibus naquele asfalto noturno, a dor sob controle. — Está bom esse? — o primo lhe disse duas semanas depois, como se perguntasse, abrindo uma porta para uma sala já mobiliada — o corretor, ao seu lado, sorria. — Veja, é o tamanho ideal para você; é perto do centro; e próximo lá de casa, a gente fica sempre à mão — e Rubens assinou o cheque, inebriado, trezentos e vinte e dois mil reais, a memória do beijo. — Eu vejo a papelada toda pra você — lhe disse nitidamente o primo, pondo o cheque no bolso num acaso tranqüilo.

Quanto custa uma mulher? — não, isso não posso perguntar, eu me corrigi, ainda perdido no sonho, a não ser que suavize bem, dando algumas voltas.

— Quando começou?

Ele não abriu os olhos para responder: exatamente no primeiro dia.

Vejam vocês, eu diria para a platéia — e comecei enfim a gostar da minha viagem —, o provável diálogo entre Arminha e o primo teria se dado já naquela primeira tarde, talvez, ou no dia seguinte, na acanhada sala de estar do apartamento, e não foi tão fácil como pode parecer agora, à distância. Quem sabe antes mesmo, logo depois do telefonema do primo caipira. Talvez houvesse mesmo uma boa intenção, alguma coisa substancialmente simples mas eficaz: Vamos ajudar o primo. Sim, vamos ajudar ele. Os dois concordaram em silêncio e ficaram quietos por um minuto, ruminando a bondade humana. Então ela perguntou:

— Ele é solteiro?

O marido levantou-se e em dois passos estava diante do balcão e da bandeja com o café e a velha garrafa térmica, que sempre derramava na toalhinha, como agora, de novo; e o açucareiro estava vazio, também de novo, e ele sentiu uma irritação contra a mulher, uma irritação em segundo plano, por assim dizer, apenas um sopro, um impulso volátil de desagrado que se desfez no mesmo instante; voltou-lhe o primo à cabeça, e com ele a idéia de um maço de dinheiro. Bebeu o café frio, sem açúcar. Vamos ajudar, ele pensou de novo, como um ato de contrição.

— Acho que sim. Não sei. Parece que já foi casado. Ele tinha fama de idiota na família.

Sentiu o café descer frio e amargo pela alma e olhou sua mulher, que cruzou as pernas, o joelho à mostra; os dedos, unhas com a pintura falhada, refaziam pensativos o friso da bainha da saia, azul sobre a pele morena. Ela também pensava. Ergueu a cabeça e sorriu:

— Esse povo fala muito.

— É.

Talvez ele tenha sentido uma picada de desejo pela mulher, sentimento já um pouco esgarçado pelos anos de casamento sem filhos, pela falta de dinheiro, pelo tédio. Quem sabe agora o súbito desejo o levasse até ela para erguê-la da cadeira e empurrá-la à parede, para os dedos levantarem sua saia e chegarem à calcinha vermelha, e ela se deixaria entregar, lassa e postiça, maravilhosamente vagabunda, a coxa erguida enlaçando-o de um golpe como se selassem um acordo sujo e excitante — todos os lugares-comuns da paixão suburbana, a bela vulgaridade estilizada, ali se encontrariam. Mas apaguei a cena — não conseguia verbalizá-la diante da platéia silenciosa, atenta, delicada, casta e generosa, que me ouvia com reverência e admiração. Prefiro deixá-lo a ruminar o café azedo e a contemplar os dedos de Arminha refazendo uma bainha imaginária na saia azul, e vê-la quase que adivinhar o que passou na cabeça dele, por acaso:

— Essas unhas estão um horror. Já marquei hora na manicure.

E então parece que o mundo voltou ao normal. Ele pensou em se ajoelhar, para ficar na altura dela, e beijá-la, talvez apenas uma despedida antes do retorno ao trabalho na revenda de carros usados, e talvez um pouco mais que isso, um beijo um pouco mais demorado, como se a chegada do primo, a sua simples presença, tivesse o dom de aumentar a eletricidade da casa — primos são afrodisíacos. Mas ele não fez isso — parou um segundo na porta, casualmente:

— Por que você não leva ele no shopping?

— Os dedos dela me tocavam no provador — e Rubens mostrou no escuro do ônibus seus dentes falsos e felizes da lembrança. — No começo — e ele de fato tentava compreender aquele início fulminante de amor — por acaso, quase um olhar de mãe conferindo o caimento do terno, atento ao detalhe, à costura, ao acabamento do bolso, um olhar técnico que subia e descia pelo meu figurino como se diante de um manequim de gesso alisado por dedos profissionais, ajustando bainhas e conferindo dobras; mas Rubens não tinha linguagem, só sentimento, era eu que escrevia por ele. Um homem só sentimento! Que raridade! Capaz de falar assim, pausadamente, olhando para o infinito no limite escuro do ônibus:

— O que aconteceu, vizinho, é que eu estava há muitos anos sem afeto.

Aquilo me calou. Engasguei, como se ele falasse de mim: Beatriz, Mara, Isabella — todas. Há muitos anos sem afeto, repeti na memória, mas a frase não vestia em mim como vestia nele, tão perfeitamente. Estou mentindo — ele, não. Ela fechou o provador — e a mão de Rubens, que antes segurara com nojo a gaiola do gato simulando o andar de Arminha, agora repetia no espaço o gesto simples de fechar a cortina de um provador, aquele puxar delicado de roldaninhas no alto, o braço, a leveza do braço, um lance rápido e natural, quase um funcionário da casa garantindo a privacidade do cliente — pelo lado de dentro —, ele explicou —, ela fechou o provador pelo lado de dentro, estávamos ambos naquele metro quadrado —, sobressaltava-se ele.

— Mas não havia lascívia — ele completou, feliz com a palavra, que remoeu talvez a vida toda até depositá-la entre nós para contemplação. Sim, era de fato para ajudá-lo, ele tão canhestro naquele shopping fino (a que ela mesma fora tão poucas vezes na vida — ele acrescentou com um toque raro de insídia, o farelo de um ressentimento, aquela pobretona), ela tão despachada, feito uma mãe ralhando — tire esse paletó, ponha esse, espere, ajeite a gravata aqui —, e na ponta dos pés como que envolveu-o quase que sem tocá-lo, o rosto tão próximo, as mãos ajeitando o colarinho atrás do pescoço, *espere*, ela disse baixinho, delicada, o vapor do perfume, e o coração dele disparou. Tantos anos sem afeto, ele pensou agora, remoendo — mas não naquele momento. Naquele momento ele triunfou: — Você precisa de um apartamento novo —, ele tentou dizer em voz firme para agradá-la, mas apenas sussurrou, transbordante, avançando a cabeça; e ela sequer sorriu, desviando o rosto, como se não ouvisse; testou agora a cintura dele, os dedos entre a calça e a barriga, que se encolheu de amor — e eu dei uma risadinha imaginária com a imagem que inventava, passou a dor de cabeça —, testando o ajuste. — Está boa a cintura — ela disse —, mas você precisa de um cinto preto novo, para combinar com o sapato.

— Era como se vivêssemos juntos há trinta anos — e, como se isso fosse uma coisa boa, de novo os dentes sorriram no escuro. O prazer que ele sentiu naquele provador que ela invadiu ainda três vezes, os mesmos dedos fechando a cortina para o teste de três camisas.

— Mas ele foi inconveniente?! — imaginei o marido perguntando à mulher à noite, temendo a resposta, quando ela, *en passant*, referiu-se à oferta de um apartamento para eles também, afinal, tudo que já fizeram pelo primo e... — Alguma coisa *maior* — ela repetiu, olhando as paredes próximas da sala, e segurou a ponta dos dedos do marido, com um sorriso irônico, ou apenas maroto, como se imitasse o gesto dele, o braço encolhido naquele metro e meio, fascinado e temeroso diante da aura de um perfume.

Ela demorou dois segundos para responder, uma levíssima pausa:

— N... não. É uma pessoa simples.

Temos de desculpá-lo; é um homem simples — o mesmo mecanismo lógico passou pela cabeça de ambos. Entre eles, o sopro de um alívio, e desta vez o marido enfim puxou a mulher para si.

— Uma boa pessoa.

Imaginei o beijo na testa que ele deu em Arminha, pensando longe.

— Fiz café novo para você — ela disse, desvencilhando-se delicadamente do abraço, dando dois passos lentos até a mesinha e abrindo a garrafa térmica. — E comprei açúcar — ela diria, ao acaso.

Um momento bom da viagem — total escuridão, o ronco suave do motor, nossos olhos fechados. Vejam, eu diria à platéia atenta, agora no esforço de amarrar minha palestra segundo uma interpretação plausível que não reduzisse aquele homem à caricatura que de fato era; a salvação é o afeto, o mundo dos afetos, e aqui desviei minha alma para mim mesmo, sozinho no provador mental. Houve outros provadores, dos concretos, é claro. — Você precisa de calças novas! De fato, uma verdadeira amiga.

— Você não vai reconhecer ele — Arminha disse ao marido, servindo-lhe o café. — Ficou muito elegante! — e soltou um risinho maroto.

— Naquele instante percebi que amava ela — ele cochichou de repente, inclinando a cabeça em minha direção, o que senti pelo respirar no escuro. — Gostaria de poder levar Arminha a passear para ouvir estrelas — ele prosseguiu, saborosamente caipira.

Quando na vida eu poderia dizer algo assim a alguém, com a alma leve, sem sarcasmo? Ora, ouvir estrelas! – mas disfarcei o riso, porque ele continuou a falar. – Num momento, em outro shopping (eu passei a freqüentá-los, convidando-a gentilmente para me ajudar, porque aquele era o único espaço em que a gente podia... entende?) – era a escolha de uma gravata. *Você não sabe combinar as cores*, ela me disse, ralhando. E apertou aquele nó corrediço suavemente, ajeitando-o sob o pescoço e empurrando-o sem perceber para o fundo do provador, porque uma camisa estava em jogo também, um bom álibi, e dessa vez, parece, a intensidade da paixão impediu-a até mesmo de fechar a cortininha (dez horas da manhã – ele me disse, como uma indicação preciosa de especialista, o dedo erguido, a voz séria –, vá aos shoppings dez horas da manhã, que o movimento é mínimo, as lojas estão vazias e não há praticamente ninguém nos provadores – e súbito vivi um instante de silêncio tímido diante da platéia, desgraçadamente nunca fui um escritor desinibido, qualquer escriba de quinta categoria faria uma festa com esse detalhe, o anfiteatro às gargalhadas, os alunos descobrindo pela primeira vez a verve daquele gênio desconhecido, mas não eu, gaguejante com o meu personagem igualmente tímido, um medo inexplicável de não escancará-lo ainda mais aos outros, um homem sem afeto sacolejando também sem dinheiro na viagem de volta e me confessando sua vida desgraçada) –

– Eu amo você – ele disse, num sussurro certamente trêmulo, e foi como se enfim desabasse na felicidade, os tapinhas de ênfase no meu joelho, os dentes armando o sorriso da lembrança que se foi, a voz de Arminha intercalada de sorvete, hum, está bom!, em pé, ao lado da escada rolante:

— Temos de tomar muito cuidado.

— E?

E minha pergunta era exatamente como o olhar dos alunos agora diante de mim, aquela bela juventude atenta, súbita sem literatura aguardando o detalhe sórdido da vida real: foram para a cama? Ele não disse, mas eu não disse que não — e enquanto isso, os cheques voavam, e Rubens sorriu, como quem contempla andorinhas riscando um céu azul, que bela imagem para guardar na alma.

— Ela era um andorinha — ele sonhou.

— Um novo carro, por que não? — o marido sugeriu, ao vê-la tão faceira. — Sim, também um carro — ela disse —, e uma diarista todos os dias, que eu não estou agüentando — e olhou para as unhas agora sempre bonitas. Ele é tão fofinho, Arminha pensou (e os estudantes olharam para mim, como a avaliar se deviam acreditar no que eu dizia, a palestra próxima do final), mas temeu dizer isso em voz alta; o marido ciumento certamente não entenderia.

Alguma coisa inefável sinalizava que a viagem estava chegando ao fim, no escuro da madrugada — a sensação de que a máquina do mundo faz uma pequena pausa, breves sons diferentes surgem do sono incompleto, há um respirar em alguma parte de alguém que se agita; abri os olhos, e como comprovação brutal do meu sentimento, as luzes se acenderam. Senti de novo o toque cordial no meu joelho, o arremate:

— O dinheiro é uma desgraça. Perdemos tudo, o primo me disse, muito sério. Ainda bem que guardei uma reserva para você, e apertou meu braço, num gesto compreensivo e solidário. Arminha? Ela viajou para o sul, foi ver a mãe. Ficou transtornada com a notícia. — E o marido abraçou comovidamente, mais uma vez, o primo Rubens: — Eu fiz o que pude. Acredite. Tome um café.

E era como se eu visse a garrafa térmica nova, sem pingar na toalhinha branca, o açucareiro cheio, a pergunta gentil antes de servir: duas colherinhas?

Acordei da palestra comovido, ainda vendo Rubens desaparecer sem se despedir na pequena estação rodoviária, tímido, destroçado pela claridade súbita da manhã, alguém envergonhado à luz do dia, talvez desejando que não tivesse falado nada assim ridículo, exposto a um desconhecido, mas não — ele era diferente de mim, um homem transparente, um... um bom homem, decidi, fazendo as pazes com a espécie, tenho a alma frouxa —, e a menina tocou-me o ombro, sorridente, ansiosa, feliz: — O senhor que é o Antônio Donetti? Eu sou a Gabriela, do Centro Acadêmico. Muito prazer! Vou levá-lo ao hotel. O senhor tem bagagem? A viagem foi boa?

Agradeci discretamente as palmas. Um aluno e duas alunas surgiram com livros na mão, pedindo-me autógrafos — alguém me emprestou uma caneta; e um grupo queria uma fotografia em conjunto, *o senhor no centro, é claro!*, insistiram, tirando-me da ponta; depois um professor me passou a sua coletânea de poemas, já com a dedicatória, *Ao grande escritor Antônio Donetti, que* — e outro grupo também queria uma foto. Mais tarde, o diretor entregou-me o envelope, que enterrei no bolso sem conferir. Os alunos gostaram muito da sua palestra, ele me disse, com ênfase. Um cafezinho?

Ser medalhão foi o sonho da minha mocidade; faltaram-me, porém, as instruções de um pai, e acabo como vês, sem outra consolação e relevo moral, além das esperanças que deposito em ti. Ouve-me bem, meu querido filho, ouve-me e entende.

"Teoria do Medalhão" (1881)

TEORIAS DO MEDALHÃO

Mariana Verissimo

1. "MEDALHÃO À L'ANCIENNE", OU "TÊTE D'ENFANT FARCI AU VENT"

(Receita do *nonno* Machiavelli)

INGREDIENTES

- Jovem peralta de aproximadamente 21 anos.
- Um pai ambicioso, porém fracassado.
- Ironia a gosto.

MODO DE PREPARO

O medalhão à moda antiga requer um tempo de preparo longo e complicado. São necessários no mínimo 20 anos de trabalho árduo e dedicação ao ofício. Deve ser cozido em fogo baixo até que alcance seu ponto ideal: entre 45 e 50 anos.

1. Pegue o jovem peralta de 21 anos, limpe o ardor, a exuberância, os improvisos da idade.

2. Cozinhe o intelecto por até dois anos, de modo a que seja reduzido a sobriedade.
3. Substitua as idéias originais por frases feitas e fórmulas consagradas e incrustadas na memória individual e pública.
4. Reserve.
5. Adicione companhia de amigo ou similar, pois a solidão é oficina de idéias e as idéias podem azedar o futuro de um medalhão.
6. Retire cuidadosamente toda a camada de originalidade.
7. Servir para formadores de opinião de modo que, através da publicidade gerada por estes, todos os outros venham a admirar o valor e o sabor de um verdadeiro medalhão.

DICAS

Na escolha do humor — molho especial do nosso prato — prefira o de gosto suave, leve e fácil, como a chalaça. Nesse caso é recomendado evitar-se a ironia, pelo risco de tornar o prato apimentado e, portanto, indigesto para os menos esclarecidos.

2. UM PAI, UM FILHO, VINTE ANOS DEPOIS...

— Estás com sono?

— Bem...

— Nem eu; conversemos um pouco. Abre a janela. Que horas são?

— Já passa da meia-noite. Está tarde.

— Não te ponhas com denguices, senta-te e conversemos. Saiu o último conviva de minha modesta festa de 45 anos...

— Então chamas de modesta uma festa para quase mil pessoas?

— Ora, meu pai, estavam presentes apenas os familiares, os amigos mais próximos, os colegas de trabalho, alguns ministros...

— A imprensa...

— Coincidentemente, alguns dos mais influentes membros da imprensa do país são também meus amigos.

— Que confortável...

— O que é isso, papai?

— Isso o quê?

— Esse movimento no canto da boca. Esse risinho disfarçado, feição própria dos céticos e desabusados, a tal ironia!

— Imagina. Que tipo de homem usa da ironia contra o próprio filho?

— Um pai invejoso, talvez?

— Invejoso, eu? Com que sentido dizes isto?

— Ora, meu pai. Há 24 anos, nessa mesma data, o senhor me dava conselhos. Dizia-me que, qualquer que fosse a profissão da minha escolha, o seu desejo era que me fizesse grande e ilustre, ou pelo menos notável, e que me levasse acima da obscuridade comum.

— É verdade, não posso negar, foram estas as minhas palavras exatas. Tens boa memória, meu filho.

— Realizei o sonho de tua mocidade.

— Acho que deveria estar orgulhoso de ti.

— E não estás? Sou um vencedor.

— A vida, Janjão, é uma enorme loteria; os prêmios são poucos, os malogrados inúmeros.

— Por favor, não me chame por esse apelido, não fica bem na figura de um senador.

— Me parece que o seu sucesso no ofício de medalhão significa o meu fracasso no ofício de pai.

— O que é isso agora? Filosofia? Nada disso. Vamos mudar de assunto. Quem sabe falamos sobre o clima durante uma partida de bilhar?

— Me perdoa, meu filho, estou quase arrependido pelos conselhos absurdos que te dei nos teus 21 anos.

— Agora é tarde, as tuas teorias, meu sábio pai, viraram prática.

3. "MEDALHÃO ALLA MINUTA"

(*Update* de receita do século 19)

INGREDIENTES

- Uma pessoa com ou sem talento.
- Mídia a gosto.

MODO DE PREPARO

Ao contrário da receita original do "Medalhão *à l'ancienne*" que recomenda calma, discrição e uma certa sabedoria, o "Medalhão *alla minuta*" é a solução para quem não tem tempo a perder, podendo ser preparado com mais facilidade e rapidez, quando escolhidos os utensílios corretos.

Vale experimentar!
Você não vai querer outra vida.

UTENSÍLIOS

1. Um pacote de:
jornal, televisão, revistas – principalmente capas –, celular, internet e o que mais for inventado como meio de comunicação.
2. Uma porção de:
pessoas influentes: amigos, vizinhos, parentes. Enfim, quem e o que for necessário, inclusive inimigos.
4. Uma porção de:
festas, feiras, filas e filantropia.
5. Uma colher (sopa) de: sorte.

DICAS

Para um preparo ainda mais rápido, adicione à receita um bom assessor de imprensa.

Para mais detalhes entre no nosso site medalhaoexpress.com.br

Mande sua sugestão de como preparar um medalhão e ganhe um jantar ao lado de sua celebridade preferida.

4. UM PAI, UM FILHO, CEM ANOS DEPOIS...

— Estás com fome?

— Não.

— Nem eu. Que horas são?

— Onze.

— Há 21 anos, no dia 5 de agosto de 1997, vinhas tu à luz, um pirralho de nada, e estás homem, longos bigodes, alguns namoros...

— Eh, pai, que papo estranho.

— Deixa de frescura. Senta aí, vamos conversar um pouco. 21 anos, meu rapaz, formam apenas a primeira sílaba do nosso destino.

— O senhor tá bem?

— Sim, apenas acordei inspirado no dia dos 21 anos de meu filho querido.

— Pai...

— O que eu tenho para te dizer é muito simples. Você pode ser engenheiro, político, traficante, músico, jogador de futebol ou o que você quiser, mas o importante é que te faças grande e ilustre, ou pelo menos notável, que te levantes acima da obscuridade comum.

— Pai, eu...

— E tem mais...

— Tem?

— Siga o exemplo desse teu velho pai que conseguiu alcançar a celebridade, freqüentar as altas rodas, ser ornamento indispensável, figura obrigada, rótulo.

— Vou tentar, meu pai, mas não é fácil.

— Não é mesmo. Só eu sei o quanto gastei com assessoria de imprensa, com notas plantadas, matérias pagas. A vida de figurão não é moleza, meu filho, tem que se matar um leão por dia em uma terra onde existem muitos caçadores!

— O senhor está mesmo inspirado hoje.

— Escuta os conselhos do teu pai, filho, pois foi o que faltou na minha mocidade, e acabei como estás vendo.

— Entendi, pai, agora eu tenho que ir.

— Você vem me visitar amanhã?

— Vou tentar.

— Me diz uma coisa, tem muitos jornalistas lá fora da delegacia?

— Tem, pai, muitos.

— Que bom, isso é o que importa. Pensa bem no que te disse, meu filho. Guardadas as proporções, a conversa desta noite vale o *Príncipe* de Machiavelli.

— Quem?

— Deixa pra lá.

5. MACHADO DE ASSIS E PARIS HILTON ENTRAM NO BAR...

Muita gente não sabe, mas Machado de Assis, como imortal, tem o poder de ir e vir do lado de lá para o lado de cá, a cada dez anos, para "ver como andam as coisas". Pois não é que a sua última vinda aconteceu coincidentemente no mesmo horário e local em que Paris Hilton visitava o bar do Copacabana Palace, no Rio de Janeiro? Naquela tarde de sol, entraram no bar ao mesmo tempo. A jovem americana magra e loira cercada de seguranças e fotógrafos chamou a atenção de Machado, que chegou a tirar seu *pince-nez* para observá-la com mais cuidado.

Enquanto Paris fazia poses na piscina, Machado procurou um lugar no bar de onde poderia continuar suas observações.

O velho garçom se aproximou:

— Bom dia, seu Machado. Quem é imortal sempre aparece!

— Bom dia, Adamastor. Quem não é visto, não é lembrado!

— Ah, só o senhor pra me fazer rir.

— Que bom vê-lo ainda por aqui e trabalhando. Você não mudou nada, talvez alguns fios de cabelo branco...

— Os que sobraram, não é, doutor!?

— O mesmo de sempre?

— Sim, por favor. Mas antes me diga uma coisa: quem é aquela moça?

— Ah, seu Machado, aquela é a tal moca que ficou famosa porque o namorado colocou um vídeo dos dois fazendo safadeza na internet, pra todo mundo ver.

— Interessante.

— Interessante mesmo, se o senhor quiser eu lhe consigo uma cópia...

— Não, não precisa, Adamastor.

— De um dia para o outro a mulher virou celebridade.

— Tão rápido?

— Ah, seu Machado, aqui agora é assim. Foi-se o tempo em que pra ser conhecido e respeitado o sujeito precisava fazer alguma coisa respeitável primeiro.

— Então sexo na internet faz a pessoa ficar famosa?

— Fazia, doutor, agora ninguém mais olha. É tanto que vulgarizou.

— Não me diga...

— E digo mais, eu trabalho nesse bar há mais de 40 anos, já vi de tudo que o senhor possa imaginar que uma pessoa seja capaz de fazer para chamar a atenção dos outros e posso garantir pro senhor que não está fácil se levantar acima da obscuridade comum, como o senhor escreveu naquele texto seu.

— Você tem razão, não se fazem mais medalhões como antigamente...

— Que saudades daquele tempo em que para se chamar a atenção bastava colocar uma melancia na cabeça.

— Bons tempos aqueles, Adamastor, bons tempos...

Imagine a leitora que está em 1813, na igreja do Carmo, ouvindo uma daquelas boas festas antigas, que eram todo o recreio público e toda a arte musical.

"Cantiga de Esponsais" (1883)

TRECHOS DE UM DIÁRIO

Imaginando uma cantiga e um esponsal

Sérgio Augusto de Andrade

1883
22 de janeiro

Piparotes.

Ontem veio-me à idéia a palavra "piparotes", sorrateira e dissimulada como o roçagar da sobrecasaca de alguém que se acomoda com cuidado ao sentar-se na poltrona de algum teatro no meio de uma ária delicada. Há sempre atrasados. A soprano sussurra alguma confissão em sol menor que percorre a orquestra num agudo pianíssimo, enquanto o algodão da casaca farfalha, impertinente e constrangido, sobre o veludo e sob as colcheias. O farfalhar de meus piparotes acompanhou-me por bom tempo. É uma palavra com ares de plebeu e sortilégios de cardeais. Onde tê-la-ia entreouvido? A verdade é que, entreouvida ou escutada, seu eco passeou-me a memória e logo instalou-se, com um vôo curto, no espaço oco entre o pensamento e a fala. O espaço é exíguo, é sabido, mas as circunstâncias o têm por suficientemente flexível; flexível a menos, suponho, ao ponto de poder abrigar com conforto uma idéia fixa. E seu som pousou com tanta autoridade nessa exigüidade e nesse vazio que o que nele era aéreo, como teima ser a vocação de todo som, deu meia-volta e voltou, viscoso e aderente, como costuma ser o melhor ardil de toda idéia fixa. Ardil? Retomo-me, mais justo e menos disposto: sua melhor âncora. O que adere não engana; ancora. É o encanto e a má sina das idéias fixas. Acorre que "piparotes" sequer uma idéia é; a expressão não passa de um breve novelo de estalos com quatro sílabas que pululam na boca como se a língua fosse algo como um trampolim de biribas. Deveria usá-la em algum intróito, justificativa ou despedida. Já o fiz? Se já, o recurso talvez não me houvesse de escapar. De qualquer outro modo, desbussolada e insistente, a palavra pode terminar por viciar-me, de mim para mim, no *staccato* encantado de suas consoantes. A moral, se se admite e tolera haver moral em quatro sílabas, é que talvez exista uma narcótica petulância das letras. E se essa petulância é fruto de suas consoantes, a ética de cada palavra pode repousar, refolhada e oblíqua, nas dobras de sua melodia. Haverá nessa moral um tema ou só matéria para mais uma *causerie*? Embora a moral seja um tema infinito, música é um assunto longo.

26 de janeiro

O Largo do Machado anda impossível. Provavelmente no tempo mais ou menos prisco em que ainda era o Campo das Pitangueiras —

ou, mais ainda, no seu período anterior como Campo das Laranjeiras —, não andasse tão povoado, tão pesado, tão denso e rombudo de gentes. Entre as frutas e o Machado, um novo ato começou. Hoje em dia, se cada um que atravessa seu perímetro descrevesse uma reta, ou a linha mais conveniente aos passos de um homem, que raramente reta seria, o largo acabaria logo enegrecido de tantos traços. E se cada presença fosse um traço, não houvera mão que pudesse saciar o carvão para tantas linhas. Passei por lá de manhã, a caminho do Clube Beethoven. Não se sabe para onde pode ir toda aquela multidão, nem se é preciso de tantos indivíduos para formar as demografias, as praças e as civilizações. A civilização provavelmente não careça de tanta gente. Nada, no fundo, carece de tanta gente. Mas *je jette ma langue aux chiens*, como gosta de repetir o Capistrano.

27 de janeiro

Pode fascinar, para quem for fascinável, o fato de que as praças sejam feitas não só de casas e pessoas, do comércio e de igrejas, de memórias e prefeituras, mas especialmente de ruídos. As circunstâncias também podem ser ruidosas, ruidosíssimas. Ontem, o Machado estava apinhado. Passando pelo Largo hoje, no fim do dia, estranhei, pela ordem, a luz da tarde e a trama do som. A luz era um estrépito afiado; o som uma mornidão longa. Farfalhava-se? Arrulhava-se? Sobraçava-se? Era tudo num derrear discreto, à beira do calado, às fímbrias do silêncio: como se mil e trezentos véus finíssimos se depusessem mansamente, pendurados em nuvens altas, sobre os telhados, as folhas e os chapéus. O que restava, depois dos véus, soava filtrado como as bolhas do escafandro de alguém mergulhado fundo, que se podem formar embaladas pela água grossa do oceano. A verdade é que há um falar das bolhas. Hoje, no Largo do Machado, percebi que há também um ouvir das ondas.

27 de janeiro, encore une fois

Ia-me esquecendo, na anotação precedente sobre minha passagem pelo Machado, de um detalhe essencial — como, de resto, sempre são tão largamente essenciais todos os detalhes. Esse detalhe é o do sino. Harmonia dos ponteiros, quem vos há-de estabelecer uma anatomia que, no porte gelado de sua descrição, possa se orgulhar da mesma estatura, ao mesmo tempo tão vaga e tão solene, de certas badaladas? Na seda abafada do murmúrio das cousas e dos homens, o sino da Matriz da Glória soava como se romper a campânula de tudo que era velado, naquele fim de tarde, não fosse só uma questão física de acústica; fosse uma questão moral de honra. Obra, bem sei e melhor o reconheço, do grande sineiro João, antigo escravo que parece ter afinado o ouvido de modo cuidadoso e involuntário para tudo que é brilhante, que é metálico, e que é capaz de penetrar a tarde com a voz do ferro. Não me haveria de esquecer o som do mesmo sino, em qualquer mesma tarde, vindo da mesma Igreja da Glória, no mesmo Largo do Machado, se dobrado por mãos que não as do velho João. Soaria singularmente outro. A singularidade, no caso, seria do sino, do som ou das mãos que o tocavam? Se a hipótese é a do singular, cumpre asseverar ao silêncio — e às harmonias

— que só há um velho sineiro João. Já que seu toque delicado faz hoje ribombar o sino com uma estridência tão calculada, e faz encher de um agudo pomposo e gordo o ar muitas vezes serenamente flácido do largo, o efeito pode ser de toda ordem: das mãos que conheceram o jugo do ferro, dos ouvidos que conheceram o suspiro do ébano ou da pele que conheceu a autoridade crispada do açoite. Ardil de escravo. Afinal, a escravidão já pôde ser uma visão, um paladar, o arrepio de certo tato, um decreto, um hábito ou um destino; não havia de ser também uma surdez. É justo (com o que há de justo no inevitável) que, escravo, o sineiro João não conseguisse falar a língua de quem lhe era senhor; pode ser inevitável (com o que há de inevitável no justo) que, livre, o sineiro João empreste a voz de sua condição ao breve tagarelar dos sinos. Hoje, da torre da Igreja, o sineiro João rege a paróquia e contempla o mundo. No caminho para casa, perdi um botão.

10 de fevereiro

Ditei um capítulo para Carolina de algo que mais tarde decido o que seja. Estranhou-me o som de minha voz e a inédita impressão de que cada sílaba viva e articulada imediatamente se tornava o borrão de uma letra morta e cristalizada. Não me é uma sensação usual.

15 de fevereiro

Artur Napoleão me convida para outra partida de xadrez. Parece que me adivinha a disposição para entregar-me mais uma vez à imaginação e aos movimentos de bispos, cavalos e rainhas. Em sua última carta, comentou equivocadamente um movimento da torre numa partida que mantivemos epistolar e disputada. Fiz-lhe explícito o equívoco. Quanto mais doméstico e reticente, mais tendo a descobrir insuspeitadas delícias no tabuleiro — que se estende em sua moldura regular como uma escotilha fechada para o mundo horizontal dos que tagarelam e discretissimamente escancarada para o mundo em profundidade dos que se calam. A escotilha é a janela do que é submarino e denso: emoldurado pelo alternado mosaico de suas casas brancas e negras, como uma série marcial de naturais e bemóis ilustrando um campo de batalha numa fábula, o tabuleiro como que observa tudo sem precisar macular a pureza de sua visão com o privilégio vulgar dos olhos. No xadrez, como na morte, tudo é silencioso e casto.

19 de fevereiro

Tenho pensado em chamar o Ramos Paz para a mazurca que o Cernicchiaro deve apresentar sábado que vem no Clube Beethoven. Meu caro Paz sempre teve um fraco pelo violino, e há piores que o do velho Vincenzo. Temo um pouco ter de submeter seus ouvidos aos humores do senador Leão Veloso, que não tem faltado a nenhuma reunião do Clube e que, sábado passado, definiu como *gouailleuse* a voz cansada do Visconde de Taunay a me recomendar certo trecho de uma *polonaise* mais cansada ainda. Não, não: poupo o Paz.

2 de março

Luis Guimarães escreve-me pela segunda vez este mês, repetindo suas saudades do passado e chamando-me "Machadinho". Em sua pena, soa agradável o diminutivo. Já de saudades do passado não curo. O passado é sempre estrepitoso demais para que possa soar distante; o futuro é que é mudo.

6 de março

O hábito de ditar tem-me aproximado mais de Carolina. Curioso como ler em voz alta acaba diverso do escrever em voz alta, se é que se escreve em qualquer forma de voz. As páginas são esfingeticamente caladas ou desavergonhadamente vocais: ao se ler, a voz como que repousa sobre cada sílaba antes de torná-la uma variedade de emissão; é a impaciência nesse repousar que determina o ritmo da leitura, da respiração e desse irregular recitativo no qual cada página pode se projetar pelas paredes, pelas cômodas de canela ou pelo vento. O ponto que mais inspira atenção, nessa arbitrária e misteriosa alquimia entre a letra e o som, certamente continua sendo o da autoridade involuntária que um verso acaba assumindo sobre a voz, quando comparado a uma simples linha de prosa. Pode ser que, por algum sortilégio mais ancestral que o do temor do relâmpago, as palavras num poema tenham lá seus modos tácitos de exigir respeito — e o respeito, nesse caso, se exprime por certo *rallentando* escrupuloso, como se as sílabas fossem bem mais que o sentido e a forma: fossem pedras numa catedral submersa que a língua percorre para poder respirar. Já a voz da prosa soa menos reverente — é comparar qualquer página de Dickens com alguma do *Hamlet*, e o que se tem não são só dois autores, dois estilos ou dois gêneros: são dois timbres. Certo é também que essa primeira diferença só aponta para outra mais essencial, como a nuvem que recebe o primeiro lampejo da antemanhã aponta para o astro rotundo que tosta e ilumina: a diferença que isola a página escrita da página que se está a escrever. Com a paciência dos tubérculos e o sagrado fervor das devotas, Carolina limita-se a ouvir e anotar — que talvez tenha sido o que Moisés também tenha descoberto que era o melhor a se fazer no velho Monte Sinai. Longe do Sinai, minha voz mal se ergue neste canto perdido da Guanabara. Carolina ouve e anota.

18 de março

Passei a noite cismado com o tema da diferença das vozes: seria um ponto de retórica, de solfejo, de oratória, de filosofia da arte ou de religião? Existem transcendências brejeiras.

21 de março

Continuo ditando para Carolina o que possa se tornar um dia, com alguma dedicação, um conto tolerável. Imagino de um lado Xerxes e o mar, e de outro uma multidão de soldados persas espalhados pelas margens do Helesponto. Conta Heródoto que Xerxes chorou. Entre essas duas premissas, mais que para uma hipótese, deve haver matéria ao menos para um conto. Tento descrever o som do soluço do imperador, em meio ao pranto sufocado pelo arrulho pomposo das ondas. Quem o teria ouvido? O que sabia Heródoto? Como soava sua voz, entrecortada pela mágoa e pelo mar? Resta decidir se o assunto do conto é Xerxes, é a sabedoria de Heródoto, é a vaidade dos exércitos, é a eterna e imponente indiferença do mar ou é o fio de voz de um imperador que suspira.

29 de março

Jogando com Artur Napoleão na noite passada, cavou-me a alma uma dúvida fundamental e inútil: quantas combinações terminais, com um número mínimo de peças, poderiam fazer com que o xeque-mate acabasse adiado de forma quase assíntota? A questão é fundamental porque pode exprimir em seu bojo alguma relação ainda insuspeita entre o xadrez e a matemática; é inútil justamente porque é muito provável que, nas relações entre o xadrez e a matemática, não possam existir relações insuspeitas. Tudo é meridiano, silencioso, branco e ensolarado como o mármore na areia.

3 de abril

Hoje à tarde, na Garnier, discussão longa, e de algum interesse, sobre as origens e a política da canção *Lillabullero*. Acredita-se composta em fins do século retrasado, possivelmente por Thomas Wharton, que mais tarde se tornaria marquês, contra a administração irlandesa do conde de Tyrconnel. Saí de lá assobiando seus compassos iniciais e divagando sobre o que a faria tão querida e recorrente para o velho Toby, nas páginas admiráveis de Sterne. A rua do Ouvidor estava úmida.

4 de abril

Saindo do Artur, sem pressa nem rumo, acabei passando perto da antiga Taberna do Jacá, na esquina da rua do Piolho. Este Rio de Janeiro anda mesmo apinhado; ser-me-ia desagradável a congestão de gentes e cousas, não me houvesse sem querer acostumado a vislumbrar sob a desordem um acorde harmônico de movimentos e intenções. Não que haja qualquer mérito nesse vislumbre. Mas terá a multidão algum sentido? Entre o apinhamento de tudo e a futilidade canhestra de minha interrogação, despontou-se-me na rua do Sacramento, enquanto discreteava comigo sobre o significado das aglomerações fluidas e sobre certa polca que tem conquistado os gostos de muitos, um vulto moreno e ondulante, cuja presença enchia de música o fim monótono da manhã. Aproximei-me, incurioso, mas atraído de forma quase magnética, como a órbita dos planetas, pela distribuição preciosa das ondulações de seu corpo, que se articulavam por seu perfil ao modo do de determinadas conchas, determinadas caligrafias ou das omoplatas de determinados guepardos. Era esbelta, longa, impassível e, mesmo de perto — mormente de perto —, distante. Punha-se a observar uma vitrine durante um período escandalosamente superior ao necessário; depois de algum tempo, passei a duvidar que estivesse mesmo interessada fosse no que fosse que estivesse sendo oferecido. Talvez houvesse simplesmente parado para descansar e, num movimento ao acaso, meu olhar a tenha flagrado no instante exato em que seu vulto fixara-se, congelado e consular, na forma em que insistia por manter-se. Existem casualidades assim; quantas vezes não atravessamos alguma rua e cruzamos com alguém com o rosto iluminado por um sorriso estranho que reputamos a sombra de uma felicidade pretérita, e é só um repelão aflito de um rosto contorcendo-se por uma miserável agulhada nos rins? Ela talvez não visse no fundo nada; via-se a si mesma, e essa visão muitas vezes é tudo. E, nesse dedicado observar-se, acabei incluído como o vórtice inocente de um triângulo que, contrariando a geometria e o espaço, começava e terminava nela própria. É o efeito dessa imobilidade meio majestática: de quando em quando somos lembrados de que nada contraria tanto a harmonia platônica das formas quanto qualquer sugestão de movimento — que talvez acabe mais enfática que o próprio mover-se. Enquanto isso, eu continuava lá, deslembrado, mudo, ora absorvido pelo encontro narcótico dessa presença consigo mesma, logo entorpecido pela combinação entre o espraiado mistério de seu vulto e a ondulação arquitetônica de suas linhas. Imóvel, era doce, carnuda, suculenta e escura, como dizemos das jaboticabas maduras. No intervalo míope que nos separava, as gentes passavam como bolhas, como borrões, como barro

— nada me demovia de meu estado hipnotizado fitando o arabesco em si níveo, em mim entenebrado, dessa imobilidade que se erguia discreta e terrível, um desgarre altivo na altura mais agitada da rua do Sacramento. Preciso notar o tempo nesta página, à força de tentar perscrutar pelo menos em sua extensão o motor do fascínio que me perpassou a medula, como se a própria Górgona me tivesse soprado a coluna com seu hálito de réptil gelado. A idéia dessa imobilidade salvou-me do assombro, que era furtivo como uma aragem e rombudo como um jatobá; associei ao seu influxo a fascinação imoral de meu estado e retoquei com fumos da mais desinteressada contemplação a intensidade ambígua de meu fascínio. Não adiantou. Ademais, só seria a potência estatuária de seu perfil o que me transia se o que mais me tivesse atraído, de início, não fossem as ondulações de seu corpo e (por que não dizer, de uma vez, tudo?) ondulações não são lá muito bons exemplos do que é imóvel. Vá de encontro a Platão e suas formas toda a rua do Sacramento, seu tumultuário zumbido e o paradoxo vivo de sua passante (que, a bem da verdade, nem passar passava); eu flutuava, desconsolado e ébrio, na ansiedade de resolver uma aporia cujos próprios termos já me eram drasticamente fugidios. Foi nesse momento que ocorreu algo que resumiu e resolveu, a um tempo, a aporia, as ondulações e Platão: o vulto moveu-se. Libertas de gaiolas, as aves emplumam-se, aprumam-se, e voam para o ar; liberta da gaiola de seu reflexo na vitrine, minha ave do Sacramento emplumou-se, aprumou-se, e deu um primeiro passo para a rua. Esse passo, jamais o supunha, era menos um passo que um desconcerto. O vulto, a estátua, a forma, a jaboticaba madura, tudo a uma só vez, possuía mais ondulações que as protocolares: a moça era coxa. Por que, página calada de diário, sempre nos lugares e momentos mais desconcertantes — uma rua, uma manhã, um capítulo — sempre me surge uma coxa? Se for uma parábola, é óbvia demais para ser legítima; se for um acidente, é recorrente demais para ser gratuito; se for uma lição, é redundante demais para ser valiosa. Retomando meu caminho, deixando a coxa para trás — *eppur si muove!* —, fiquei cismando sobre quais exemplos, quais artes, quais ciências, quais obras a raça humana poderia afinal considerar como verdadeiramente perfeitas. Se essa perfeição das formas tiver que decorrer de sua posição cristalizada no espaço e no tempo, que templo, que imagem, que verso, que impecável coluna jônica conseguiria resistir ao movimento e aos séculos? Lembrei-me do Artur, que sempre preferiu torres a colunas, e cuja casa havia representado o ponto de partida desse meu passeio pelo centro e por vultos ondulantes. Foi quando me ocorreu que, na abstrata geometria de seu tabuleiro, tão indiferente aos acidentes do espaço e à passagem das horas quanto algumas sonatas, o xadrez talvez constitua um tipo discreto e modesto de perfeição. Afinal, a verdade da cousa é simples: seja com a solidez de seu diâmetro de pedra ou com a regularidade elaborada de seu trote, torres e cavalos não mancam.

8 de abril

A pena se me escorrega para o enfático muitas vezes, e com muita facilidade, nestas páginas privadas. Que se há-de fazer? Na minha vida pública e no que escrevo para os outros, pode-se assumir certos ares mais frescos, mais simples, mais madrigais. Um romance permite, suponho, certa familiaridade com quem o está ou principalmente com quem o não está lendo; já num diário é melhor revestir o estilo de alguma sobrecasaca, como quem rege pela primeira vez uma sinfonia para uma platéia exigente numa cidade que não conhece. Mais que um monólogo e menos que um colóquio, tratar de si para si é como uma harmonia complicada: é mais fácil pôr-se *al fresco* para dirigir-se aos outros que para dirigir-se a si mesmo. É quase uma questão de etiqueta: quando se dobra sobre si própria, a alma tende a sugerir alguma deferência. É o que acontece quando nos dirigimos àqueles que nunca haveremos de conhecer muito bem. No mais, que sabe o mundo? Para os outros e para nós mesmos, há todo tipo de harmonia.

19 de abril

Ufa! Que às vezes o difícil de escrever é acertar as contas não só com a Cila e a Caribde do material e da forma, mas ainda mais com as gárgulas exigentes do gênero. A raça humana talvez tenha nascido fadada a flutuar simplissimamente entre a prosa e a poesia, como os primitivos, as estações do ano e a música. Mas não; empertigada e inquieta, passou séculos desdobrando gêneros em subgêneros e multiplicando formatos no que eram categorias pacatas, folgazonas, milenares como a árvore que tentou o pai Adão e ilusórias como o riacho que Noé, de plaina na mão, encarou de soslaio. Cresceram éclogas, sonetos, líricas e até acrósticos no que era o jacarandá vetusto da epopéia; o romance espreguiçou-se e, revirado, fez-se novela, contorcido, fez-se conto, arrepiado fez-se crônica, pensativo fez-se ensaio. Não admira: a prosa é uma habitação larga com seus cômodos distribuídos com um capricho danadamente arbitrário. Diferenças: um romance pode soar muitas vezes como um templo largo ou ter fumos de um tipo qualquer de arquitetura; um conto é um alpendre. Vantagens de um e outro: no romance, divaga-se; no conto, concentra-se (o que talvez seja uma forma de apresentar uma divagação em pílulas, terapêutica como certos emplastros e eficiente como algumas sanguessugas). Comparações possíveis com o xadrez: várias. Outra hora comparo.

19 de abril à noite

Enquanto assobiava uma polca antiga, dessas que se insiste, mas que se não consegue esquecer, recebo outra carta amável do bom Novais, recomendando-me a saúde e convidando-me para uma temporada em Benfica. Imagino como reagiria Xavier de Maistre se convidado para dois meses no Jardim Botânico. A hipótese, compreende-se, é irresponsavelmente afetiva. Não vou. Petrópolis está mais perto e nenhum Atlântico separa minha porta de sua avenida central. Evitemos peregrinações atlânticas.

3 de maio

Mais que paisagens, praças, pororocas ou portos, os lugares são partituras. São, é sabido, notações de uma música mais ou menos tácita que a Natureza escreve, que algum provável Autor das cousas replica e que o ouvido humano traga. Entende-se, por isso, que certos cegos façam questão tão estrita de viajar: a geografia pode ser tanto uma exposição espalhafatosa de cores quanto um concerto campestre no qual o mundo se organiza, na cacofonia ou no uníssono, com instável diligência. Numa viagem, o olho pode deleitar-se — mas é o ouvido que aprende (e que, mais que a mão, experimenta e percebe).

5 de maio

Conversando muito com o Artur Napoleão sobre um lance quase insolente em C4BR e P4CR, uma idéia cavou-me o espírito deixando atrás de si notável vinco mas pouquíssima dobra. Voltei para casa tentando entender-me com o vinco; só consegui convencer-me, ao cumprimentar Carolina, que parecia distante, de que estava condenado a seguir irremediavelmente os traços cada vez mais fugidios da dobra. É uma condenação de Sísifo.

17 de maio

Muita gente precisa de notoriedade, carícias, filés à Rossini, crédito. Eu preciso de um nome. A idéia que me havia cavado a fantasia, e que antes se limitava a me percorrer a alma como se fosse o perfume de alguma borboleta (se é que borboletas ainda precisem se dar ao trabalho de encantarem o olfato além de deleitarem a visão), a idéia que se me deslizara para o limbo inesgotável das idéias perdidas e das cousas esquecidas acabou ressurgindo hoje de manhã, clara como um escândalo e tentadora como Mozart. É fato — como as hipóteses formavam um fato para Laplace — que minhas partidas com Artur Napoleão vão aos poucos não só me ocupando o tempo mas também me entulhando a mente; conjeturo se conseguiria aliviar o peso cada vez mais tremendo dessa fixação congelando a mania em alguns parágrafos e a paixão por xeques-mates num fio de história. Vá que a solução talvez só reforce um impulso com um grão de retórica e uma ampulheta de palavras; mas o projeto soa plausível. Afinal, certamente com alguma divagação filosófica, repousado, seguro e entre amigos, Sêneca abre os pulsos — mas o sangue não flui (nada flui, de resto, na velhice). Com a resignação do estóico, ele então decide tomar veneno — que, seja por algum tipo obscuro de clemência natural ou por outro infortúnio do acaso, não surte efeito. Com o senso prático dos italianos, Sêneca, que era espanhol, resolve mergulhar num banho escaldante para que o sangue corra mais fácil. Não se sabe dos humores de seu sangue — mas a verdade, se se confia em Tácito, é que ele acaba morrendo sufocado pelos vapores da água. Quando cortou os pulsos, acreditava que podia contar ao menos com as qualidades e o movimento de seu sangue — e não pôde contar nem com as qualidades da toxina nem com o movimento plutônico da tepidez. Seja como for, no fim de tudo, com vários gestos e uma surpresa, Sêneca terminou vendo-se livre de Agripina, de Nero, de Roma e de suas memórias do exílio na Córsega. Minha Córsega é o tabuleiro; muito menos circunspecto que Sêneca, mas igualmente compungido pelo destino e a eloqüência natural das circunstâncias, entrego-me à imaginação de um conto como o grande orador se entregou, espero, ao calor das águas. Que me sejam poupados os percalços de uma solução que os embaraços das veias, dos venenos e dos vapores confundam. É possível que escrever só seja uma forma de nos livrarmos daquilo que mais nos apaixona. Que essa liberdade, se difícil, ao menos me não seja custosa.

18 de maio

Preciso de um nome. O que imagino é simples (e a simplicidade, aqui, pode ser efeito tanto do mecanismo da trama quanto de sua arredia, volúvel incipiência): um enxadrista modesto mas esforçado passa a vida obcecado por uma partida que seja o sonho não só de todos os enxadristas mas de todas as peças do xadrez; uma partida, enfim, que justifique a um só tempo a paixão dos jogadores e a existência das torres, que possa conferir certa dignidade à enganosa humildade dos peões, que imprima ainda mais elegância aos movimentos dos cavalos, que faça mais incisiva a cirúrgica obliqüidade dos bispos e que invista de maior imponência tanto a liberdade das rainhas quanto a serenidade dos reis. Essa partida, ao fim e ao cabo, seria como o modelo ideal e perfeito de todas as partidas, o sonho congelado de todos os tabuleiros, a forma decisiva de todos os xeques. Em sua canhestra, aplicada aptidão, nosso enxadrista já vislumbra movimento a movimento todos os instantes e os lances desse Graal em preto e branco: já o tem o desenvolvimento, conhece a ordem, refez os lances, perfez o jogo. Falta-lhe um detalhe: falta-lhe o começo. Não alimenta ilusões sobre os inícios, nem supõe serem os começos momentos dessa majestade enganosa que nossa deferente credulidade costuma emprestar à origem das cousas; mas o começo lhe falta. Busca esse início com sua paixão de enxadrista e a dedicação férvida de que é capaz, como jogador e como homem. Debalde; o início afasta-se o tempo todo, numa tangente que se arma como uma armadilha bem oculta na mata ou uma serpente pronta para algum bote na moita. A moita é maior que ele; por mais que insista, e teime, e cisme, e queira, não parece haver acordo entre a pureza arrebatada de sua intenção e esses dois ou três lances que fariam de sua partida a concreção, o modelo, o exemplo. Sói que, apesar do *Shandy*, sem inícios não costuma haver meios, sem meios é mais delicado se chegar a algum final; e meu enxadrista empaca, como o imperador ante o Rubicão ou qualquer capivara hesitante, antes que consiga imaginar a partida em sua sagrada integridade. Passa o tempo; a lacuna se mantém; ele envelhece. Já perto do fim da vida, desenganado, miserável e suficientemente amargo, ele passeia sem interesse nem força por uma praça num fim de tarde. Duas crianças, sentadas na grama, brincam com um tabuleiro de xadrez e suas peças — que, para elas, possuem a substância de miniaturas sem interesse. Seus pais encontram-se mais afastados, conversando com amigos num diálogo pacífico. Nosso enxadrista passa pelas crianças, e não consegue deixar de entrever o tabuleiro armado e o movimento de uma delas — uma menina de olhos fundos como os de um cão e um sorriso musical. Ela arrasta, num gesto brincalhão, um peão branco; antes que seu companheiro tenha tempo de ensaiar qualquer outro movimento, travessa e precocemente sedutora, ela mesma avança, aos risos, o cavalo adversário, e volta às suas peças, liberando a torre num gracejo quase insolente. Há um instante, conta-se, em que Napoleão teria vislumbrado com desconcertante clareza — a clareza que tanta falta fez ao Del Dongo — todo o desenrolar de Waterloo; nada se compararia, em resignada precisão e desencantado êxtase, ao momento em que nosso enxadrista percebe que o lance que lhe teria escapado, a vida toda, havia acabado de ser realizado por uma menina brincando. Ele volta para casa, disposto a preparar o tabuleiro, chamar seus poucos amigos, contar sua novidade, revelar seu jogo, desenrolar sua partida como quem desenrola um portulano que pudesse revelar o segredo do mar dos dragões... Mas é inútil. Debilitado, vergado e fraco, poucos momentos após chegar em casa ele já não consegue mais preparar tabuleiro nenhum, pensar em revelação alguma. Dos poucos amigos que iria chamar, dois deles seguiriam seu enterro, na tarde do dia seguinte.

19 de maio

O problema do nome segue de perto o problema do gênero: a história só pode vingar, suponho, se for comprimida às dimensões modestas de uma anedota simples; o nome de seu aflito personagem central só pode contribuir à história, imagino, se flutuar entre a desmesura de sua ambição e a melancólica singeleza de sua conquista — que é nenhuma. Nomes. Falcão? Borges? Gomes? Bernardo? Simão? Quintanilha? Gonçalves? Raimundo? Caldas? Norberto? Macedo? O caso é mais delicado que parece; se meu enxadrista apresentar-se ao leitor com um nome que lhe caiba, compromete o desfecho; é como se, afinal, toda sua enorme obsessão ficasse reduzida a um embaraço, um incidente, um azarado acaso que houve por retombar aos ombros de um aficcionado de método; se o nome não só lhe não couber, mas costear sem alguma graça o mínimo, o patético ou o cômico, fica então nosso homem destituído de vez de substância e força. Não nos entreguemos sem alguma resistência ao flerte do caricato: o xadrez já é uma arte elevada e vulnerável demais para terminar vulgarizada por um desacerto técnico que pode soar menor, mas desconcerta numa dissonância impertinente o coração de sua premissa. Descalcemos as botas; libertemos os pés; atravessemos com precaução o rio de pedras e corredeiras das águas dos nomes.

3 de junho

Para justificar um lance com o bispo de modo mais zombeteiro e retórico, o que o levou a temperar seu movimento com fumos de modesta erudição, Artur Napoleão ergueu a peça, contemplou o tabuleiro e mencionou um verso do *Fausto* na tradução do Visconde de Castilho, o tradutor exímio de Ovídio, Vergílio e Anacreonte. Mas parece que, no caso do Castilho e das qualidades do seu *Fausto*, ainda não assentou pó a discussão acalorada que, há pouco mais de dez anos, tanto avivou o ânimo forte do Pinheiro Chagas e o temperamento imprevisível do pobre Antero. "*Ist es Schatten?*", tornei ao Artur, antevendo seu mate. Ao menos para soar mais preparado para os exageros do Tobias Barreto e seus teuto-sergipanos, preciso apurar o alemão. É uma língua exigente: a música de suas consoantes é um balé de seixos. Perdi a partida.

10 de junho

Carolina acredita que exagero meus cuidados com o conto do enxadrista. Ontem mesmo comecei a comentá-lo, cogitei alterá-lo, pretendi ditá-lo; algo mo impediu, como se, a esse estágio, ainda não parecesse completamente acabado na incipiência ardilosa de sua concepção. Curioso pensar que ainda não está acabado o que não foi nem sequer iniciado. As contas do espírito às vezes invertem-se: há uma hierarquia das formas mais ou menos infensa à nossa aritmética. Mais que um nome, preciso também de um início.

16 de junho

O dia foi mais frio do que prometeu a manhã. Passando pelo Ouvidor, no fim da tarde, o perfume forte de um charuto associado à visão de um oficial que vislumbrei pouco abaixo da rua Nova me fez lembrar o Duque de Caxias, que tinha fama de fumá-los com uma sofreguidão que sua serenidade disfarçava muito mal. Atravessei mais uma vez as calçadas populosas da rua, pontuadas por rapazes e moças passeando entre as lojas de jóias, dos queijos excelentes e a casa do *Jornal do Commercio*, até entrar à Garnier, a conferir se me teria chegado uma edição especial do Fielding. O velho Garnier continuava no fundo da livraria, repousando em seu banco alto, lendo uma carta que o fez em certo momento sorrir um pouco. Seu sorriso é curioso: ligeiro, retraído, esquivo. Talvez houvesse um capítulo a ser escrito que detalhasse a genealogia dos sorrisos: sua tipologia, sua metafísica, sua história... e acabasse por compor-lhe sua verdadeira estética. Existe gente que duvida que hajam tantos tipos de sorrisos. Há-os. Assim que sorriu, cumprimentou-me com sua fala lenta, mansa, que atravessava os livros e o ar com a doçura de um curió cruzando uma gruta seca que é como um refúgio e, quando tirou os óculos, parecia ainda mais cava a depressão que se estabeleceu no centro de seu nariz pelo uso tão prolongado das lentes. Falou o pouco de sempre, embora pareça cada vez mais afeiçoado, com as simpatias da classe média, pela monarquia orleanista. No caminho para casa, reli com satisfação a divagação sobre prólogos do início do livro XVI do *Tom Jones*, onde Fielding anota, com mais propriedade do que supunha, que *the principal of merit of both the prologue and the preface is that they be short*. Devia ser o mesmo com entradas de diários.

23 de junho

Voltando a refletir um pouco sobre a narrativa do enxadrista — afinal, que diabo!, *laboremus* —, concluí que a história deveria começar pacata, comedida, sem pressa: devia ter os modos de um convite. E, para ressaltar ainda mais a desventura que é tema e moral de sua trama, talvez conviesse afastá-la, no tempo, dos hábitos mais nervosos de hoje. Não; devolvo ao xadrez sua aura romântica, permeio de escrúpulos a paixão de meu desventurado ainda anônimo, removo de nós a intensidade de sua mania, recheio de pruridos o meio no qual vive e respira, e transfiro meu enxadrista para um passado próximo. Digamos uns 100 anos atrás. 100? 1783 parece bem mais distante que os 100 anos que nos separam; o mundo anterior à Bastilha, como tão amargamente o descobriu Chamfort, era outro. 70 anos servem.

5 de julho

O conto pode começar mais conveniente — se conveniência e adequação puderem formar uma qualidade mais robusta para uma prosa supostamente esforçada —, se dirigir-se logo à entrada para a complacência de alguma leitora. A história termina com o gesto casual e definitivo de uma menina brincando sobre um tabuleiro na grama; talvez valesse mesmo emprestar ares sentimentais para o início de um episódio que, no fundo, descreve uma afeição tão romântica quanto qualquer paixão. É espinhoso dizer por que só o amor entre os sexos deve parecer romântico: é condenar um impulso vago ao célebre contato bruto das epidermes. Por outra parte, se houver uma partícula desocupada de romance sempre perpassando o arrepio de qualquer paixão, poucas paixões podem revelar-se mais românticas que a inspirada pelo xadrez. Livre de epidermes, indiferente aos interesses, distante de qualquer laivo surdo de luxúria, a paixão pelo xadrez é por excelência platônica, abstrata, sem máculas. Recuemos 70 anos; esbocemos uma comemoração por volta do largo do Paço, alegre, inocente, madrigal, faceira e repleta de certo frescor, onde se poderia encontrar pessoas conversando, flanando pelo arredor, e um ou dous pares de jogadores entretidos em seus tabuleiros, em algum canto do lugar. Um deles, naturalmente, seria nosso homem tentando já exercitar com algum parceiro incauto a possibilidade, que sabemos inatingível, de descobrir o início de sua partida perfeita. Chamei Carolina. "Imagine a leitora que está em 1813", ditei, "na igreja do Carmo, ouvindo uma daquelas boas festas antigas, que eram todo o recreio público e toda a arte musical." Apreciei o detalhe de tornar tudo ainda mais ligeiro e delicado com a menção à musica. O infortúnio da busca, dessa maneira, talvez possa se desenvolver com um sabor ainda mais agudo, se precedido de alguns compassos que formem uma impressão mais arejada. É preciso ouvir a leveza.

11 de julho

Ontem à noite, pouco antes de me recolher, surpreendi uma lacuna no método pelo qual imagino meu enxadrista: o episódio ganharia muito se, ao invés de se comportar simplesmente como um obcecado pela composição de um lance inefável buscando a solução da partida perfeita, ele também fosse capaz de obscuramente suspeitar em si uma vocação enorme para a glória no panteão rarefeito dos grandes enxadristas. Cumpriria exprimir, ao menos brevemente, a circunstância de que repousavam em seu espírito, à maneira das marmotas no inverno, sonhos épicos de partidas cada vez mais grandiosas, lances bombásticos, jogadas de um mestre que embaraçassem o próprio Louis de la Bourdonnais e o alçassem à majestade dos competidores supremos. É preciso que, na esterilidade do conjunto inerte e abafado de seus impulsos, de alguma forma grasse o sonho da criação de uma partida que rivalizasse com a Imortal de Kieseritzky e Anderssen ou a Sempre-viva, que o mesmo Anderssen celebrizou em seus lances contra Jean Dufresne. Já lá se vão 32 anos da Imortal, e ninguém ainda consegue esquecer o sacrifício das torres no décimo oitavo movimento. Meu enxadrista precisa fazer por merecer a infelicidade sarcástica de seu final; especialmente porque mesmo que infeliz, todo acaso pode sempre embalar-se nas dobras de uma graça. Deve sonhar grande, meu enxadrista, e ter muito em si — um universo elástico e vivo formado por ataques de bispos, revelações insuspeitas conduzidas por peões, rombudas surpresas de torres — e, entretanto, não ser capaz de exprimir nada, como se sua vocação não tivesse língua. E as vocações precisam ao menos saber cantar.

15 *de julho*

Encontro Inês Gomes um pouco embaraçada e chegada de Mangaratiba, no intervalo de uma récita maçante. Conversava com uma senhora a quem ouvi de boa sombra, e que passou bom tempo comparando a soprano à Candiani — que, segundo ela, continuava sendo a única ainda capaz de lhe inspirar, como referiu, certo faniquito. Estava acompanhada de um senhor de passo demorado, riso triste, olhos no chão. Era modesto, calado, distante; pouco disse, e o que falou parecia ajustar-se miudamente no conjunto dos assuntos com a humildade resignada de uma nota de pé de página que ninguém sequer consulta por sua flagrante desimportância. Não era um tipo desagradável ou arisco; possuía certa dignidade natural e temperamento, receio, tendendo ao melancólico, ao jururu. Parecia capaz de alguma inspiração ou mesmo de certos vôos de entusiasmo, se lhe despertassem os pontos que pudessem acender sua alma; mesmo assim, tais pontos — se é que os houvessem — pareciam acobertados por uma camada tão maciça de timidez e letargia que era de duvidar que fossem próprios para qualquer atividade. Inês percebeu meu interesse desconcentrado e cuidou de apresentar-me e apresentá-lo, aproveitando a primeira pausa breve que o entusiasmo da senhora que tanto amava a Candiani ofereceu, involuntário. Falava em excesso. De qualquer modo, Inês desculpou-se e apontou o senhor de riso triste. "Este é Romão", ela indicou, "Romão de Sousa Pires". Romão Pires! Tenho o meu nome.

16 de julho

Já com o nome de meu enxadrista e mais próximo de encetar meu conto, constranjo-me por fim a definir, para mim mesmo, no que pode consistir a fascinação, o esplendor e a beleza da rútila majestade do xadrez. Basta de cabriolas: cumpre definir esta vertigem. Amanhã o faço.

17 de julho

Anda cada vez mais comentado, no Clube Beethoven, o casamento do ex-ministro Sousa Dantas com a bela filha do barão de São Clemente, a realizar-se no fim deste outubro. Aposta-se nas presenças do conselheiro Martinho de Campos, do Visconde de Sinimbu, do velho Rodolfo Dantas e do próprio Rui Barbosa, entre tantos e tantas. Boa efeméride para a garganta dos mais afeiçoados ao *champagne*

Roederer e Veuve Clicquot. Para quem estiver no Clube Beethoven, o que mais me agrada é a facilidade do que pode exigir: é atravessar a rua do Catete e entrar no Palacete de Nova Friburgo. Já avisei Carolina; não me há de esquecer esse dia 27.

18 de julho

De que é feito, em suma, o xadrez? De uma representação secular que inclui em seus símbolos o reino animal, o reino mineral e o reino humano, dispostos em 64 casas brancas e pretas; de um jogo que se baseia sobre a convenção, o movimento e a audácia, de um embate que coloca lado a lado rainhas, bispos e cavalos, e que transforma a imagem de um rei num alvo, num ideal e num norte. Não, não respondi.

19 de julho

Passo indisposto, acabrunhado. Retinite.

20 de julho

Elementos do xadrez: as variações; os movimentos; os ritmos; os contrapontos; a matemática; os arranjos; os acordos; os acordes; os *rallentandos*; os ataques; as consonâncias; as modulações; as estratégias; as resoluções; os empréstimos; os acidentes; as síncopas; os círculos;

os caprichos; as harmonias; as bases; as alterações; os tons; as escalas; as ascendências; as extensões; as associações; as cadências; as linhas; os brilhos; as fugas e os registros. São elementos que se combinam visando todo tipo de efeitos, desde que infinitamente abstratos na argamassa de sua engenharia e quase algébricos no cristal de sua plenitude. O drama de Romão Pires me espera; preciso voltar ao conto.

21 de julho

O conto, com algum empenho, talvez se sustente; mas percebo nele um problema fundamental. Não sei se seu tema é mesmo o xadrez.

Talvez seja a música.

SOBRE OS AUTORES

ALBERTO MARTINS, escritor e artista plástico, nasceu em Santos, em 1958. Como escritor publicou, entre outros os livros *Poemas* (Coleção "Claro Enigma", 1990); *Goeldi: História de Horizonte* (1995), que recebeu o Prêmio Jabuti em sua categoria; *A Floresta e o Estrangeiro*, ilustrado com guaches de Lasar Segall (2000); *Cais* (2002) e a novela *A História dos Ossos* (2005), que em 2006 obteve a segunda colocação no Prêmio Portugal de Literatura Brasileira.

ALBERTO MUSSA nasceu no Rio de Janeiro, em 1961. Estudou matemática, lingüística e literatura. Estreou na ficção com os contos de *Elegbara*, em 1997. Traduziu, diretamente do árabe, *Os Poemas Suspensos*, obra-prima da literatura pré-islâmica. E publicou três romances — *O Trono da Rainha Jinga, O Enigma de Qaf* e *O Movimento Pendular* — que lhe renderam os prêmios "Casa de Las Américas", "Machado de Assis" (da Academia Brasileira de Letras) e Associação Paulista de Críticos de Arte (APCA), por duas vezes.

BRUNO ZENI nasceu em Curitiba (PR), em 1975. Vive em São Paulo desde 1989. Escritor, jornalista e mestre em teoria literária e literatura comparada, é autor de *O Fluxo Silencioso das Máquinas*, *Sobrevivente André du Rap* (em parceria com José André de Araújo) e do romance *Corpo-a-Corpo Com o Concreto* (no prelo).

CAROLA SAAVEDRA é escritora e tradutora. Nasceu em Santiago do Chile em 1973, mudou-se com a família para o Brasil aos três anos de idade. Morou na Alemanha, onde concluiu um mestrado em Comunicação Social, na França e na Espanha. Publicou em 2005 o livro de contos *Do Lado de Fora* e em 2007 o romance *Toda Terça*.

CRISTOVÃO TEZZA nasceu em Lages (SC), em 1952. Professor da UFPR há mais de 20 anos, publicou os romances *Aventuras Provisórias* (Prêmio Petrobrás de Literatura), *Breve Espaço Entre Cor e Sombra* (Prêmio Machado de Assis da Biblioteca Nacional), *O Fotógrafo* (Prêmio da Academia Brasileira de Letras e Prêmio *Bravo!*) e *O Filho Eterno* (Prêmio da APCA, traduções na Itália, Espanha, Portugal e França), entre outros livros de ficção e ensaio.

FELIPE HIRSCH nasceu em 1972, no Rio de Janeiro. Em 1993 fundou a Sutil Companhia de Teatro, com quem realizou temporadas de sucesso em muitas cidades do país. Seu trabalho inclui direção de outras produções de teatro (incluindo, entre outros, projetos com os atores Paulo Autran e Marco Nanini) e ópera (como *O Castelo de Barba-Azul*, em Belo Horizonte e São Paulo). Em 2008 inicia as filmagens de *Insolação*, seu primeiro longa-metragem, dirigido em parceria com Daniela Thomas.

LOURENÇO MUTARELLI nasceu em São Paulo, em 1964. Estreou no mercado de quadrinhos há 20 anos (no dia 8/3/88) com o personagem "Cãozinho sem pernas". A partir daí foram 11 álbuns em quadrinhos, 3 romances (incluindo *O Cheiro do Ralo*, adaptado para o cinema, e *O Natimorto*, para o teatro) e 6 peças teatrais (uma delas, *O Que Você Foi Quando Era Criança?*, indicada ao Prêmio Shell, em 2006).

MARIANA VERISSIMO nasceu em 1967, em Porto Alegre, onde formou-se em Arquitetura e Urbanismo. No ano de 1998, mudou de profissão e de cidade. Em São Paulo começou a trabalhar com roteiros para televisão, teatro e cinema, o que faz até hoje. Lançou há quatro anos seu primeiro livro, *P.S.: Beijei*, uma parceria com Adriana Falcão.

MOACYR SCLIAR, nascido em Porto Alegre, em 1937, é autor de 80 obras, em diferentes gêneros — romance, conto, crônica, ensaio, ficção juvenil — várias delas premiadas, várias traduzidas. Membro da Academia Brasileira de Letras, médico e professor de medicina, é autor de *A Linguagem Médica* (série "Folha Explica"). Colunista da *Folha de S.Paulo*, colabora em várias outras publicações do país e do exterior. Seu último livro é *O Menino e o Bruxo*, uma ficção juvenil sobre a infância de Machado de Assis.

SÉRGIO AUGUSTO DE ANDRADE, paulistano desde 1958, é formado em Grego e Latim Clássico pela USP e tem escrito em várias publicações especializadas sobre arte e cultura. Seu primeiro romance, *Pinto Calçudo ou Os Últimos Dias de Serafim Ponte Grande*, foi premiado pela APCA. Sua coletânea *A Exceção e a Regra* encontra-se no prelo.

Este livro foi impresso em junho de 2008 sobre papel Chamois Bulk Dunas 90 g/m² pela gráfica Cromossete